Todo empieza con la sangre

Aixa de la Cruz
Todo empieza con la sangre

Papel certificado por el Forest Stewardship Council®

Primera edición: marzo de 2025

© 2025, Aixa de la Cruz
Autora representada por The Ella Sher Literary Agency
© 2025, Penguin Random House Grupo Editorial, S. A. U.
Travessera de Gràcia, 47-49. 08021 Barcelona

© Diseño: Penguin Random House Grupo Editorial, inspirado en un diseño original de Enric Satué

Penguin Random House Grupo Editorial apoya la protección de la propiedad intelectual. La propiedad intelectual estimula la creatividad, defiende la diversidad en el ámbito de las ideas y el conocimiento, promueve la libre expresión y favorece una cultura viva. Gracias por comprar una edición autorizada de este libro y por respetar las leyes de propiedad intelectual al no reproducir ni distribuir ninguna parte de esta obra por ningún medio sin permiso. Al hacerlo está respaldando a los autores y permitiendo que PRHGE continúe publicando libros para todos los lectores. De conformidad con lo dispuesto en el artículo 67.3 del Real Decreto Ley 24/2021, de 2 de noviembre, PRHGE se reserva expresamente los derechos de reproducción y de uso de esta obra y de todos sus elementos mediante medios de lectura mecánica y otros medios adecuados a tal fin. Diríjase a CEDRO (Centro Español de Derechos Reprográficos, http://www.cedro.org) si necesita reproducir algún fragmento de esta obra.
En caso de necesidad, contacte con: seguridadproductos@penguinrandomhouse.com

Printed in Spain – Impreso en España

ISBN: 978-84-10299-82-5
Depósito legal: B-2788-2025

Compuesto en MT Color & Diseño, S. L.
Impreso en Unigraf, Móstoles (Madrid)

AL99825

Para Pablo

You kept me like a secret but I kept you like an oath.
Taylor Swift, «All Too Well»

Enloquece cuanto gustes, pero no desfallezcas.
Jane Austen, *Mansfield Park*

Porque estrecha es la puerta, y angosto el camino que lleva a la vida, y pocos son los que la hallan.
Mateo 7, 14

Todo empieza con la sangre. Una presión imposible en las fontanelas, el dolor original al que remitirá cualquier dolor futuro, que se libera con un desgarro. Las vías nasales taponadas de fluido espeso. El grito con sabor a óxido. Te llamarás Violeta. La sangre cierra el pacto. Primero con la madre y luego con la amiga de la infancia, si bien de una forma imperfecta. Están sentadas en el pórtico de una iglesia románica, a la sombra de los cedros, presas del aburrimiento en una tarde asfixiante que huele a cereal quemado, y Violeta tiene la idea. Se ha arrancado un padrastro y lo mordisquea con sus dientes de leche y caries.

—Hagamos una pócima de verdad.

—¿De verdad cómo?

—Con lo de siempre y con gotas de nuestra propia sangre.

Lo de siempre es agua, alcohol etílico y pétalos de rosa. Alguien les dijo que así se hacía la colonia y ellas quieren jugar a la alquimia, mezclar lo que está al alcance de sus manos de niñas para obtener lo que nunca alcanzan en las baldas del supermercado, cosas con valor adulto, con valor de dinero.

—Pero eso es una guarrada. Nadie va a querer echarse algo que lleve sangre. No podemos venderlo en el mercadito.

El mercadito es una manta con motivos étnicos que trajeron de alguno de sus viajes Manuela y Juan, los tíos que no tienen hijos y que, en vez de pasar el verano en el pueblo, se van a lugares de esos que aparecen en los documentales de la televisión pública. Las niñas la echan al suelo en una esquina de la plaza y exhiben sobre ella sus productos de fabricación infantil: piedras esmaltadas, pulseras, trenzas de hilos de colores.

—No lo vamos a vender. Nos lo beberemos. Y así seremos jóvenes para siempre. Lo vi en una película sobre brujas.

—¿Brujas buenas o malas?

—No sé, graciosas.

Empujan las cutículas de sus dedos gordos hasta el límite de la uña y tiran de la piel que se acumula en los vértices. La sangre brota antes de lo esperado y la recogen apresuradamente en la cantimplora con dibujos de *La Bella y la Bestia* que Violeta se obstina en llevar siempre consigo. Salen entonces corriendo hacia el cobertizo que han construido con tablones y atados de sarmientos en la parte posterior de la iglesia. Es una iglesia en la que ya no se dice misa, salvo en verano por la procesión de la Virgen, el día de la Asunción. La oficia el tío de su amiga, que es cura en Estados Unidos y regresa al pueblo durante sus tres semanas de permiso cada año, desde hace treinta. Violeta, que no está bautizada —a pesar de que su abuela la secuestró para sumergirla en la pila bautismal la primera vez que alguien las dejó solas—, siempre espera con los bolsillos cargados de guijarros a que los niños salgan de misa, para arrojárselos como si fueran confeti de boda. Solo ha franqueado una vez la puerta ojival en la que luce la placa a los caídos por Dios y por España. Fue cuando se cumplieron veinte años de la muerte de su abuelo Lolo, al que únicamente llegó a conocer así, en esquela. Se sintió incómoda en aquellos incómodos bancos de madera porque no se sabía la coreografía ni las canciones y porque alguien tiró fuerte de ella cuando quiso ponerse a la cola junto al resto de sus primos y primas, en el momento de comulgar: tú no. Incómoda y avergonzada.

Pero eso importa poco ahora, porque ahora no va a probar la sangre de Cristo, sino la de su amiga, algo que le resulta tan natural como haber grabado en cada árbol de cuantos rodean su cobertizo la inscripción «Julia y Violeta *forever*». Desconoce las implicaciones ancestrales del pacto de sangre tanto como la liturgia católica. Aún no ha leído el relato del doctor Livingstone sobre aquella mujer a la que operó sin protecciones quirúrgicas de un tumor cuya explosión le alcanzó en un ojo. Ahora somos hermanos de sangre, le dijo la paciente, y estaré obligada a servirte y cocinarte cada vez que pases por mi aldea.

Casi nada.

—Si nos lo vamos a beber, no le eches alcohol.

—¿Cómo que no? Mi abuela me da ginebra cuando se me cae algún diente, porque desinfecta la sangre.

—Dirás la herida.

—La herida está hecha de sangre, así que es lo mismo.

Tapan la cantimplora y agitan la mezcla. A Violeta, el lingotazo le sabe a fuego. Atraviesa su garganta y estalla en su pecho como una pastilla efervescente. Su campo de visión se llena de destellos; cree atisbar algo que permanecía oculto, algo como una carcasa que la envuelve, un velo de agua contra el que rebota la luz y, del otro lado, una presencia, un cuerpo del que solo se revelan partes clave, como en esos pasatiempos que te dan la pieza para que infieras el puzle: la mano que sujeta una espada, el ojo que llora una lágrima radiante, y un tejido azul que parece envolverlo todo, incluso los recodos que no se ven y solo se imaginan. Pero la visión es tan breve que enseguida se olvida; o no se olvida, pero de inmediato se recuerda como una simple ocurrencia. Es posible que ya le haya sucedido antes y sin duda le volverá a suceder muchas veces: un instante de lucidez y extrañeza que se impugna en cuanto se lo narra a sí misma.

—¿Estás bien?

—Sí, sí. Pero te toca.

Su amiga la mira con desconfianza. Violeta intuye la traición que se avecina en el agarre mantequilloso con el que Julia se adueña de la cantimplora, e intenta persuadirla.

—En serio que no es para tanto. Es mucho menos asqueroso que cuando probamos aquella crema de mi madre que parecía helado de fresa.

Pero la niña prueba un sorbo y escupe, o vomita; el matiz no está claro porque Violeta no puede saber si el líquido ha llegado a su estómago o no ha pasado de la faringe. Se impone un silencio ceremonioso entre ellas mientras el suelo de grava engulle el espumarajo, perfectamente blanco, sin hilos de sangre. ¿Será porque lo sustancial se ha absorbido? Esto tampoco puede saberlo, y seguramente sea un deseo más que una realidad. Lo cierto es que, tan pronto como desaparece el rastro, no vuelven a mencionar el tema. Intentan distraerse con otros juegos, las carreras en bici, los equilibrios sobre el bordillo musgoso del pilón, pero el fracaso las deja alicaídas, sin ganas de apurar cada minuto que resta de luz. Vuelven a casa a la hora de la cena sin que sus respectivos padres las tengan que perseguir a gritos por el pueblo, y a la mañana siguiente tampoco sentirán la urgencia de desayunar a toda prisa para verse. Algo se ha abierto y algo se ha cerrado. Algo han aprendido. Julia, sobre su carácter: mira hasta dónde has llegado por darle gusto a tu amiga, qué guarrada, qué vergüenza, qué no estarás dispuesta a hacer para que te acepten. Violeta, por su parte, sobre su destino. Porque se ha sentido traicionada y sola, y abocada, por ser como es, a dicha soledad. Como ya le han enseñado sus lecturas tempranas, no hay forma de embarcarse en la aventura del héroe sin un cómplice que dé la talla, sin aquel que beberá sangre por ti. El día que lo entendió, hace poco más de un año, dijo adiós al amigo invisible que la había acompañado hasta entonces en la aridez de sus tardes sin extraescolares ni hermanos. Los coprotagonistas de novela, ¿dónde se esconden? ¿Habrá alguien en el mundo real que pueda seguirle el ritmo? Los adultos llevan años bromeando sobre la intensidad de sus emociones, sobre su disposición al extremo, sobre su exceso. Y es verdad, no es fácil acompasarse a sus caprichos. Cuando es auténticamente ella, abruma.

El verano se oscurece con el peso de esta carga recién descubierta, pero también queda marcado como el primero de los muchos que Violeta dedicará, hasta hacerse daño, a la búsqueda de alguien que ya desde ahora existe, en algún lugar incierto, con un vacío y una voracidad idénticos, dispuesto a seguir los pasos del otro hasta el mismísimo precipicio.

Violeta siempre enferma de la garganta. Los ganglios del cuello del tamaño de pelotas de golf. La glotis gorda y roja como un colgajo a punto de independizarse del conjunto. Infecciones bacterianas bajo las cuales sus amígdalas adquieren el mismo aspecto que la fruta podrida en los confines de la nevera. Con cada brote, el escenario es ligeramente distinto, pero no cambia el sabor metálico del dolor ni su razón de ser, que no es otra que la de impedir la deglución. Su cuerpo se niega a tragar. Punto. Y orquesta la respuesta inmune que mejor le viene para llevar a cabo su huelga.

—¿Tiene hijos pequeños? —le pregunta la doctora, y resulta obvio que, a pesar de haber abierto su historial, no lo ha leído, porque hace años que no acude al médico y su última visita tuvo que ver con un embarazo primerizo que acabó abruptamente en la séptima semana de gestación. Con el tiempo, ha decidido que se habría llamado Mateo—. ¿Tampoco trabaja con niños?

Violeta dice que no con la cabeza. Trabaja con adolescentes, pero para agregar este detalle tendría que abrir la boca y se le derramaría la saliva que está acopiando a la espera de llegar al aseo y escupir en el lavabo.

—Es que no son habituales estos cuadros en adultos. Le voy a pedir una analítica.

Ella asiente dócilmente mientras la mujer teclea con infinita parsimonia o incompetencia, utilizando solo sus dos dedos índices. Violeta se pregunta si este es el motivo por el que acumulaba tanto retraso y la ha tenido hora y media en la sala de espera junto a otras personas, en su mayoría ancianas, hundidas en las sillas de plástico con forma de huevo hasta parecer inseparables de las mismas, como si hubieran sido víctimas de un accidente de tráfico y llevaran la carrocería ceñida al cuerpo.

—¿Alergia a algún medicamento?

—¿Eh?

A Violeta le cuesta oír. La inflamación la aísla de los estímulos externos y multiplica los sonidos de su propio cuerpo. Escucha su respiración, su corazón, el ruido de los mocos que se fluidifican a través de las vías respiratorias. Piensa en los tanques de privación sensorial. La CIA los utilizaba como método de tortura y ahora han abierto un spa en su calle donde te sumergen en una piscina de flotación con antifaz y tapones para los oídos a cambio de cincuenta euros. ¿Pero para qué? ¿Qué es lo que busca la gente en la intimidad consigo misma? Violeta se ha pasado la vida huyendo del silencio, porque la transporta a lugares que nunca son agradables. Necesita ruido de fondo: la radio, el televisor, la ventana abierta para captar la frecuencia de los vecinos, y siempre una compañera de piso o una pareja o, como mínimo, un libro. Miedo a las noches en la casa del pueblo, tan apartada del rumor de la carretera y tan sensible a las vibraciones del subsuelo, pero jamás a que las cosas vayan demasiado rápido. No en vano se mudó a vivir con Salma a los pocos días de haberse conocido. Salma es su remedio contra el silencio.

—Si la fiebre no remite en tres días, o tiene dificultad para respirar, vuelva a pasarse por aquí. Hay un protocolo especial por el virus este de China.

Pero hoy, cuando llega a casa, Salma no está. O sí está, pero no puede estar con ella. Le ha pedido que se instale en la habitación de invitados para evitar el contagio porque tiene que terminar la obra que inaugurará en pocos días, toda su vida laboral se ha estado dirigiendo hacia ese instante, si lo piensa, y no puede permitirse el riesgo de enfermar. Así que Violeta entra por la puerta con su bolsita de antibióticos y corticoides en la mano sin que nadie la reciba, y se dirige cabizbaja hacia una cama de noventa que, con su colcha de flores y todos esos pañuelos de mocos sucios desperdigados por el suelo, le recuerda demasiado a su infancia, a los tiempos del divorcio en que su madre colonizó su habitación, a la mantita rosa sin la que Violeta era incapaz de dormir y a su madre echada sobre ella, con la ropa sucia, apestando como apestan los que ya no salen a la calle.

—Hija, ¿tú crees que se me ha caído la piel de los papos? Mira, mira la diferencia si me estiro hacia arriba las sienes. Ahora te meten unos hilos que tensan y te dejan así, tal cual. ¿Qué te parece?

Aunque sabe que no está aquí, que no es real, le resulta imposible no contestarle.

—Tú siempre estás guapa, mamá.

Pero no es cierto. No lo era. Igual que entonces, Violeta es incapaz de ignorar su carne fofa, desparramada sobre la colcha como una masa sin cocción, las bolsas de piel bajo los ojos, la papada, el pijama de satén raído. La mira como debió de mirarla su padre antes de abandonarla por otra, recabando motivos y asco, y también con la aprensión que añade el paso del tiempo: ¿es posible que esta madre imaginaria tenga, en el fragmento temporal del que proviene, la misma edad que Violeta ahora? ¿Por qué es o era tan vieja con poco más de treinta años? ¿Por qué no se tiñe las canas? ¿Por qué no se compra ropa nueva? Le gustaría retocarla, manipularla, mejorarla como a una pintura o a una muñeca; al fin y al cabo, es fruto de su imaginación; debería tener algún control sobre ella. Pero sus alucinaciones son productos emancipados que solo se obedecen a sí mismos.

Se mete en la cama con la ropa puesta, vuelve el cuerpo hacia la pared, donde hay un espejo de cuerpo entero, y al contemplar su reflejo, su rostro congestionado y los surcos nasolabiales que empiezan, sutilmente, a aventurar quién será en unos años, reconoce el parecido con la madre del pasado y del presente. Y al instante piensa que está enferma y sola, sola y enferma, y que nadie debería estarlo, no al menos viviendo en pareja. Porque la pareja solo tiene sentido si es un muro de contención contra la enfermedad y la muerte, y ella está enferma y sola, enferma y sola como cuando conoció a Salma, pero qué distintas eran entonces las cosas. Entonces, sin apenas conocerla, Salma cuidaba de Violeta con el mismo esmero con el que hoy reparte pinceladas sobre el lienzo.

—Dejan de querernos. Nos pasa siempre.

Violeta resopla y cierra los ojos.

—Por Dios, cállate, mamá.

Esto es lo que hace el silencio con ella. El silencio, junto con el edema, los oídos taponados por los mocos y los ojos vidriosos de fiebre, anula su principio de realidad, es su tanque de flotación. Para cimentarse en el presente, para alejarse de la fealdad, busca a su novia en los ruidos que se filtran a través de la puerta. La espátula de Salma sumergiéndose en la pintura y golpeando la superficie del marco, un sonido acuoso y percutido; los pasos acolchados de sus zapatillas sobre el parquet flotante; el chasquido de su lengua cuando algo no sale como pretende y tiene que hacer retoques. La visualiza moviéndose frente al cuadro, acometiendo cada pincelada con seguridad y furia, con ese pulso envidiable, y lo desea todo. Su cuerpo, su atención, sus sonidos. ¿De verdad no va a venir a verla? ¿Ni siquiera desde el umbral, a preguntarle qué le ha dicho el médico, cuál es la prognosis, cuán lejos está de la muerte?

—Se cansan de nosotras. Se aburren.

—Mamá, por favor...

Se obliga a recordar que su madre no está aquí porque no puede estar en dos lugares a la vez sin ser, como poco, un fantasma, y lo cierto es que sigue viva, habitando un cuerpo material en Palma de Mallorca, para ser precisas. Hace seis años que se mudó a la isla con un señor al que había conocido a través de una aplicación de citas. Por aquel entonces ella tenía cincuenta y cinco y él setenta y tres, pero estaba en buena forma física, es decir, podía caminar erguido, y la llevaba al teatro, al cine, a los belenes de Navidad, a la sección de perfumería de El Corte Inglés. Ahora es un anciano confinado en su silla de ruedas, y ella, su cuidadora a tiempo completo. Sin sueldo y con una abnegación que nunca ha mostrado hacia su hija, ni hacia su hermana, ni hacia su propia madre. Con la abnegación que las mujeres heterosexuales solo se reservan para los hombres a los que pertenecen. Ay. Siente un pinchazo de dolor en el epicentro de la glotis, que parece crecer por momentos, y empieza a toser. Al abrir los ojos, las patas de gallo, los colgajos de piel flácida en las axilas, el aliento a acetona y los poros como cráteres de su madre holográfica siguen ahí, escrutándola.

—El médico no te ha preguntado qué es lo que no puedes tragar —le dice a su hija mientras juguetea con las puntas amarillentas y rotas de su pelo de estropajo—. Y debería haberlo hecho.

Violeta concede que en eso no le falta razón, y deja que la pregunta desate su tendencia autocompasiva. Con el fluir de las lágrimas, la presión en su garganta remite, como si la nuez hubiera sido desde el principio un pequeño depósito de agua estancada a la que urgía un drenaje. Nada más que eso. Exagera los hipidos del llanto con la esperanza de que Salma la oiga, pero Salma es indemne a los chantajes emocionales. Salma es fuerte y no la necesita. Salma tiene un propósito, una fe que la protege de la enfermedad y la muerte incluso fuera de la pareja. El problema es que Violeta solo la tiene a ella. Esto ha sido así desde el principio, pero ya no están al principio de nada. Están en la meseta pantanosa en la que afloran los miedos.

Leer está veladamente prohibido. Es algo que se hace a escondidas, como acariciarse por encima de las bragas para ver si se soporta esa tensión que crece y crece hasta llegar a un punto crítico en el que solo se intuye el abismo. Después de la hora en la que los niños se van a la cama, a oscuras y con la ayuda de una linterna, el libro se esconde bajo el edredón, y el resto del tiempo, es decir, en el colegio, recae sobre las rodillas, en el hueco que dejan los bajos del pupitre. No se puede leer cuando uno quiera y tampoco lo que se quiera. La saga de *El pequeño vampiro* sí, pero *Drácula*, con sus escenas de voluptuosidad lésbica en el sótano de un castillo medieval, no. Para la madre de Violeta, que solo ha visto la película, ese libro contiene el germen de la lascivia, la sospecha de que el sexo tiene que ver con la caza, con la ingesta, con la sangre y con la comunión. Tampoco están permitidas las novelas de Stephen King, por donde asoman monstruos y cosas peores que los monstruos, como ciertos padres de familia, pero se hace la vista gorda con el terror de Poe, en cuyo mundo es más difícil que los prescriptores se sientan reflejados. Violeta se acostumbra a forrar los libros con papel de regalo con la excusa de no estropear los préstamos de la biblioteca, pero lo cierto es que casi siempre se nutre de las colecciones de clásicos que su padre adquiere con el periódico. Ahí está todo lo que no debería leer: elaboradas descripciones de torturas medievales, prostitutas que tosen sangre, asesinatos, venenos, violaciones y suicidios por amor. Cuanto más canónico es el título, menor es la persecución moral de los adultos, que aplauden como una proeza académica su interés por las historias escabrosas.

Comienza a leer *Cumbres Borrascosas* sin ningún tapujo, a plena luz del día y junto a su padre, tumbados ambos en el sofá del salón de casa con los pies sobre el reposabrazos. No es una historia de vampiros, pero a ratos lo parece. Sin duda, la sangre es importante, porque todo empieza con la llegada de un advenedizo, alguien que será de la familia pero no del linaje. Una mañana, el señor Earnshaw parte hacia Liverpool y su hija Cathy, de apenas seis años, le pide que le traiga una fusta de regalo. En lugar de eso, el hombre regresa con un niño sucio, andrajoso y moreno al que dice haber encontrado en la calle, abandonado y sin saber de quién era. Le dan un nombre que sirve también de apellido, Heathcliff, en honor a otro hijo de la familia muerto en su primera infancia.

—Aquí lo habríamos llamado Expósito —dice el padre de Violeta entre risas.

—Calla, papá, escucha.

Heathcliff y Catherine se vuelven inseparables. Para Cathy es más que un hermano, mientras que su hermano legítimo, Hindley, se comporta como un demonio; mezquino y violento, tras la muerte del señor Earnshaw se dedica a torturar al hijo adoptivo, de quien siempre tuvo celos porque lo mimaban más que a él. Heathcliff aprieta los dientes cada vez que le pegan o le mandan a comer con los perros. Aprieta los dientes y cabalga por los páramos junto a Catherine, dejando que el barro que los salpica asemeje el color de sus pieles. Se hacen mayores juntos. Su apego cambia de nombre. Es difícil distinguir su deseo por la chica de su deseo de legitimidad; su necesidad de poseerla de su venganza de clase. Pero la ama. La ama porque son iguales. A Violeta no le cabe duda de que la pasión auténtica es agreste y fría como el viento que corta a los jinetes por el páramo de Yorkshire.

—¿Pero no eran hermanos?

—No compartían sangre.

—Yo no estaría tan seguro. Esa historia del padre que se encuentra a un niño en la calle me parece floja. Pinta más que fuera un hijo ilegítimo. La típica amante en la ciudad.

—Pero eso te lo estás inventando tú. No está en el libro.

—Vale, vale, tú sigue.

Entonces, cuando llegan a la adolescencia, a Heathcliff le sale un competidor. Una tarde, montando a caballo, Cathy sufre un accidente y la auxilian sus vecinos de la mansión de Los Tordos, con quienes se queda unas semanas, hasta que puede volver a andar. El hijo mayor de la familia, un joven rubio e insulso llamado Edgar Linton, se enamora de ella y Cathy regresa a su casa, al horror de tensión y violencia que es su hogar, profundamente confundida. Es obvio que ama a Heathcliff, pero casarse con él, le cuenta al ama de llaves, sería rebajarse. Heathcliff escucha estas palabras y, herido en su orgullo, se va de Cumbres Borrascosas sin despedirse.

—Es que el dinero es el dinero.

—No digas eso, papá. Es que antes las mujeres no podían elegir.

—¿Cómo que no? Esta lo hace.

Violeta deja de resumirle el libro a su padre y, finalmente, se retira a su habitación para proseguir la lectura. No es que le molesten sus comentarios sarcásticos, a los que está más que acostumbrada porque él ha sido, desde que ella era poco más que un bebé, el encargado de leerle cuentos cada noche, sino que empieza a sentir que hay algo demasiado íntimo en las palpitaciones que le provoca el texto, algo íntimo, incluso, en la historia que narra. ¿Cómo es posible? Por joven que sea, a estas alturas ya se ha visto expuesta a variedad de tragedias amorosas en la ficción, pero nunca había deseado con tanta fuerza ser depositaria de un deseo semejante. Un deseo que es como una fusta, como un maleficio. Y es que, cuando Heathcliff regresa rico y casi un caballero (casi porque sigue siendo moreno) y descubre que Cathy se ha casado con Linton, se convierte en un monstruo. En su venganza, llega a secuestrar, violar y maltratar a la hermana de Edgar. Y, cuando Cathy muere en el parto, su venganza se traslada a la hija de esta.

Violeta está indignada; furiosa, incluso, con la autora, que se atreve a bestializar al héroe con semejante crudeza, pero vuelve una y otra vez a la escena en la que Heathcliff, bajo la ventana en la que ha agonizado y muerto Catherine, se da de cabezazos contra un árbol mientras la maldice para apresarla: «Voy a rezar una plegaria y a repetirla hasta que la lengua se me seque: ¡Catherine Earnshaw, ojalá no encuentres descanso mientras yo siga con vida! Dijiste que yo te había matado, ¡pues entonces, persígueme!». Violeta casi paladea la sangre que mana, aunque no se dice, de la frente magullada de Heathcliff. *I put a spell on you...* Entiende que el amor y el odio no son antítesis, que la única antítesis es la tibieza. Que el fracaso es ser amada con tibieza y que quizás, por tanto, sus padres se aman fuerte a pesar de la rabia. Las últimas semanas han estado cargadas de ruido, y de una electricidad estática que le erizaba el vello en cuanto entraba por la puerta. Aunque no hubiera nadie. Aunque no se escucharan gritos. Algo se queda a vivir en las casas después de la masacre.

La noche en que se aproxima a los capítulos finales de *Cumbres Borrascosas*, no tan hechizantes porque bregan con los herederos más templados de Catherine y Heathcliff, algo se rompe. Está encerrada en su habitación, fingiendo que duerme, y escucha un grito y luego un ruido. El grito es de su madre; una nota aguda con el timbre espeso de los mocos, la garganta obstruida por el llanto. El ruido es de algo que se desintegra en pedazos contra el suelo. Violeta se yergue y presta atención. Busca alguna señal que le indique si debe salir o quedarse, si ha pasado algo lo bastante grave para saltarse las normas o si, por el contrario, su intromisión recibirá una reprimenda. Enseguida escucha el sonido de la puerta de entrada al cerrarse y respira tranquila. Nadie ha muerto. Es solo su padre, que se va, como tantas veces, después de una bronca. La distensión que llega después del susto le da sueño. Apaga la linterna y se queda dormida con el libro sobre la almohada.

A la mañana siguiente es domingo y su padre no ha vuelto. Es extraño, porque los domingos es él quien se encarga de ella. Van juntos al quiosco donde siempre compra el periódico y le regala una revista para niñas. Luego caminan hasta el parque, se sientan en un banco y se desentienden el uno del otro con sus respectivas lecturas. A Violeta le gusta estar en silencio junto a su padre. Le gusta esa intimidad en la que se siente acompañada sin tener que hacer o decir gran cosa, pero hoy no va a disponer de ella. En cuanto se levanta de la cama, su madre la apremia a vestirse y la deposita con una mochila de ropa en casa de su abuela. Allí termina de leer el libro, cuyo desenlace la decepciona. La hija de Catherine, secuestrada por Heathcliff en la mansión de Cumbres Borrascosas, se hace cargo del analfabetismo de su primo Hareton, a quien dulcifica a través de la horticultura y la palabra escrita. Es el triunfo de lo femenino; el poder domesticador de la bestia domesticada. Finalmente, se enamoran y se casan. A los protagonistas de la generación anterior sólo les aguarda el más allá, reencontrarse en su inmaterialidad de espectros para recorrer de nuevo juntos los páramos que cabalgaron de niños, asustando a los viajeros y a los insomnes. Parece que todas las historias acaban igual: o el matrimonio o la tumba. Si tuviera que elegir, Violeta se decantaría por lo segundo. De hecho, durante los próximos meses, cuando sus compañeras le pregunten por su padre, ella les dirá que ha muerto.

Conoce a Salma en plena huida. Quizás no lo parezca porque se mantiene en pie y no se cansa de buscar lo que sea que esté buscando, pero lleva una semana sin apenas dormir, encadenando fiestas que acaban en el salón de alguien que le presta un sofá durante algunas horas, incapaz de volver a casa, incapaz de enfrentarse al silencio y sus ecos. Esta noche, la arrastran al cóctel de inauguración de una muestra de artistas jóvenes en una galería pija del centro. Lleva un vestido negro que parece un envoltorio, una malla; apenas le permite separar las piernas y persigue al camarero con la torpeza y la determinación de un polluelo que confunde a su madre con lo primero que ve al nacer. Es tan joven que su delgadez extrema aún resulta estilosa, de pasarela, o eso se dice ante su reflejo en el cristal protector de los cuadros, que le interesan más bien poco. No sabe qué es lo que esperan de ella, qué reacción debería fingir ante los productos del inconsciente de un desconocido. Aún no ha aprendido a mirar. Engulle una copa de cava tras otra y se esconde en una esquina a eructar el exceso de burbujas. Tiene veintiséis años, un máster en Lingüística, trescientos euros en la cuenta y un embrión de seis semanas en la trompa de Falopio izquierda, pero esto último no lo sabe. Sabe que las drogas le desajustan el ciclo menstrual y que, por tanto, no es raro que ande desordenado este mes. La noche antes, en casa de la persona que la ha traído a esta fiesta y cuyo nombre olvidará en pocos días, tuvo una hemorragia nasal bastante fuerte, y pensó que la sangre retenida en su endometrio había encontrado nuevas vías de escape. Compartió su ocurrencia en voz alta, y una estudiante de Filosofía con un tatuaje de la diosa Sarasvati en la cara anterior del cuello le habló de la teoría griega de los cuatro humores, de la creencia en que la enfermedad se producía por un desequilibrio de fluidos, y de las sanguijuelas y las sangrías como cura. Luego le pidió que le enseñara la lengua y Violeta, entre atónita y divertida, accedió.

—Te sobra fuego —le dijo—. Tienes que templarte.

Violeta soltó una carcajada y aceptó el veredicto con un gesto que decía: me avergüenzo de ser tan evidente.

Ahora, mientras eructa a escondidas tras una columna, se acuerda del comentario porque no hace más que sudar. Le vienen oleadas de un calor interno que asciende desde el hueso sacro hasta la coronilla, y piensa en su madre, en la menopausia y los sofocos, pero ni por un instante en la posibilidad de que ella también llegue a ser madre algún día. Saca un clínex del bolso para secarse las mejillas y retirar los cercos de rímel que imagina bajo sus párpados, y mientras se retoca la máscara, en ese instante en el que la máscara es más evidente que nunca, aparece ella, rotunda, fuerte y hermosa como la reina de un pueblo guerrero.

—El cuarto de baño es por allí.

Violeta no sabe si es una pregunta o una indicación. Se queda callada y esconde el clínex en un puño.

—Ven conmigo si quieres. Yo voy a ponerme un tiro.

Violeta está acostumbrada a seguir a la gente que le ofrece drogas. Dejarse invitar es para ella el estado natural de las cosas, como si las sustancias controladas no estuvieran controladas para ciertas personas privilegiadas y estas asumiesen la obligación moral de compartirlas con los excluidos. También intuye que el día en que necesite ser dueña de su propio gramo tendrá un problema, pero que, mientras permanezca al margen de la transacción económica, los adictos son los otros.

De manera que sigue a Salma y se alejan de la sala de exposiciones a través de un pasillo pintado de rojo cuyas paredes se estrechan paulatinamente como en la pesadilla de un claustrofóbico, o esa es la impresión que tiene Violeta, que lleva muchos días sin disfrutar de un sueño profundo —apenas alcanza el duermevela plagado de visiones que conceden las anfetaminas— y habita un territorio extraño, a medio camino entre el agotamiento y la euforia inducida. Su cerebro no emite las mismas ondas que los demás cerebros, su noción de realidad no es compartida, y, por tanto, nadie ha visto nunca a Salma como lo hace ella. Nadie ha reparado antes en que las paredes se repliegan y amoldan a las líneas rectas de su espalda, en que sus caderas contienen un núcleo vibrante que agita las partículas de lo que antes parecía sólido. Mientras camina tras ella, piensa que si extendiera el brazo y rozara su americana sería como rozar la superficie de un estanque, ondas concéntricas en torno a la yema de su dedo. Y huele tan bien... Huele casi tan bien como él, como el que se ha marchado, y puede que esta vez para siempre, y esto, el olor, será lo único que jamás compartan Paul y Salma, que se revelarán tan distintos, casi antagónicos, pero no es poca cosa. Si tuviera que aferrarse a algo, a un puente entre el pasado y el futuro, entre la herida y el torniquete, Violeta elegiría sin duda esta señal olfativa como consuelo. Siempre queda algo. Nada muere del todo. Es lo que lleva días repitiéndose para soportar el duelo, un lugar común como el del clavo que saca otro clavo, pero que no proviene del refranero, es decir, de su madre, sino de ese otro reducto del saber popular contemporáneo que alimenta las infografías de Instagram, mitad psicología neoliberal, mitad sabiduría exportada de Oriente.

Respira, le dicen los gurús del conciliábulo cibernético.

Respira, le dice Salma al cabo de unas horas mientras Violeta se hiperventila contemplando el lienzo con texturas de sangre coagulada que ha pintado sobre las sábanas. ¿Cuánto tiempo lleva en esta posición, encogida sobre sí misma como un feto o una lombriz? Recuerda cómo llegó hasta aquí. La nave industrial con neones. La caja de ritmos latiendo entre sus costillas. El callejón oscuro y serpenteante, porque todo serpentea en torno a Salma. Demasiado alcohol. Chupitos de un orujo con sabor a almendras justo cuando se acabó la cocaína. Muy mala idea.

—Muerdes.

—Vamos a mi casa.

Sentada al borde del colchón, le costó quitarse los calcetines, enfocar su piel de cerca, pero el olor, por suerte, no se enfoca, solo se inhala hasta que deja un tatuaje en los alveolos. En eso estaban cuando, de pronto, Salma soltó una carcajada y le mostró sus manos manchadas de sangre.

—Ay, pobrecita, no sabía que eras virgen.

En aquel instante previo a los espasmos, mientras se dejaba contagiar por la risa de Salma, Violeta sintió que lo que estaba sucediendo era un eco, la repetición sincrónica de algo que había pasado hacía mucho tiempo y regresaba para cerrar un ciclo. Y es que la primera vez que se acostó con Paul, casi diez años atrás, él se rompió el frenillo dentro de ella y, en pleno desconcierto, no supieron de quién de los dos era la sangre que manaba por sus piernas. Estaban en casa de él e intentaban hacer el menor ruido posible a escasos metros de la habitación en la que dormía su madre; intentaban no caerse de la camita inferior de unas literas que jamás tuvieron sentido, porque es hijo único; se esforzaban, sin mucha suerte, en no darse coscorrones cada vez que se buscaban los labios; en demorar los juicios sobre lo que estaban haciendo, que era absolutamente escandaloso: a Violeta se le había pasado por la cabeza la palabra «incesto». Tenían muchos frentes atencionales abiertos, vaya, y, sin embargo, Violeta estaba a punto de correrse cuando Paul desacopló sus cuerpos con brusquedad y aterrizó de un salto en el suelo. Encendió la luz del techo y contempló las sábanas con horror antes de mirarla a ella también con horror; una reacción muy distinta a la que acaba de tener Salma porque, al fin y al cabo, Paul es un hombre y eso juega en su contra.

—¿Te ha bajado la regla? —inquirió él entonces.
—No sé, no me tocaba, pero puede...
—Joder, el colchón no, mierda, mierda.

Estaba tan nervioso que no era consciente de haberse desgarrado, y puede que esto aluda a su carácter, a que Paul es alguien que vive en la periferia de sí mismo, que se apaga cuando las emociones son demasiado intensas, o puede que sea otra cosa. Quizás siempre se hayan somatizado de tal forma el uno al otro que ya entonces tuvieran dudas sobre si el dolor, cualquier dolor que les sobreviniera estando juntos, era propio o ajeno.

Al final, Violeta no supo hasta el día siguiente que la sangre que vertió durante horas como una menstruación ligera le pertenecía a él, pero el caso es que sangró su herida, se confundieron sus plaquetas, y quién sabe si no fue aquel accidente lo que los vinculó sin remedio y con esta fiereza que parece un hechizo, como en los rituales de brujería a los que le gustaba jugar de pequeña.

¿Cómo se rompe un pacto de sangre?

Esta es la pregunta que se hace Violeta con total seriedad, con el propósito de teclearla en Google, mientras espera a que Salma regrese del cuarto de baño con unas toallas. No llegará a dilucidarla en este instante, porque están a punto de empezar los espasmos, los retortijones que la doblarán sobre sí misma, los escalofríos y la respiración superficial de un cachorrito mientras la voz de Salma susurra «respira» y esperan a que llegue el taxi que las conducirá a la sala de urgencias. Pero dentro de unos meses, durante sus primeras vacaciones juntas, emprenderán el Camino de Santiago y, por consejo de su amiga Chiara, Violeta se guardará una piedra en la mochila al iniciar la primera etapa. La guardará entre sus mudas y los tarros de vaselina y protección solar hasta llegar al monte Irago, en León, donde está la Cruz de Fierro, que dice la tradición que es el lugar en el que los peregrinos se desprenden de sus cargas. Ella, que camina por deporte, que aún no cree en nada, se obligará a creer con todas sus fuerzas en ese rito; le pedirá a Salma que la deje sola; intentará impostar solemnidad mientras contempla la cruz como si esta le sugiriese algo más que vergüenza y castigo, y al dejar la piedra en su base, al deshacerse al fin del lastre, se dirá que este es el cierre, que ya es libre, que aquí empieza al fin su vida sin él.

—No quiero que me hables nunca del hombre que te ha hecho esto —dice Salma con un énfasis melodramático mientras le acaricia un brazo, el que pende inerte junto al gotero con el antibiótico.

A Violeta le entra la risa por la desmesura del comentario, y porque le han traído una sopa de sobre con estrellitas y el contorno de las estrellitas no para de moverse.

—Mira —explica recogiendo uno de los gránulos en la cuchara y acercándoselo a Salma a la punta de la nariz—, es que de pronto tienen cinco puntas y, de pronto, nueve.

—¿Quieres que avise a la enfermera?

—No, quita, déjame alucinar un poco, que es divertido.

Salma le da la espalda y presiona el botón del interfono que comunica con la sala de enfermería.

—Deja de hacer el tonto y come, que has perdido dos litros de sangre.

Dos litros de sangre. Más de dos botellas de vino. La cifra es impactante pero cierta. Resulta imposible determinar cuándo empezó la hemorragia; lo más probable es que el efecto analgésico de la cocaína camuflara los calambres iniciales, los de advertencia, y Violeta solo fue consciente del dolor cuando ya era demasiado tarde. Algo que iba a ser un feto estalló en su trompa de Falopio. Le hace pensar en los pollos que nacen y mueren en jaulas. Pollos cebados contra el enrejado de su cárcel, hasta que la cárcel los revienta.

—¿Vas a llamar a tus padres?

Violeta deja la sopa sobre la bandeja y vuelve a recostarse. Cierra los ojos. No estaba pensando en llamar a sus padres, pero sí estaba pensando en llamar a Paul. No va a encontrar mejor excusa que esta para romper su promesa de no volver a importunarlo. Mira, te dije que no te volvería a escribir, pero es que he estado a punto de palmarla porque me dejaste embarazada *mal*. Es obvio que lo tendría en la puerta del hospital en media hora y, a partir de ese momento, se reiniciaría el movimiento de la rueda que los atrapa. La euforia del reencuentro; respirar con libertad, sin ese tabique atravesado en el diafragma con el que ambos cargan cuando no están juntos; desatenderlo todo para encerrarse en la habitación de él, follar hasta hacerse daño y entonces tomarse una pastilla de éxtasis para seguir follando, y, de pronto, que suene la alarma del móvil porque es lunes por la mañana y hay que trabajar o seguir mandando currículums o cambiar, como mínimo, la bombona de butano; colisionar contra la rutina con los contornos metálicos y palpitantes de la jaqueca, con las comisuras de los labios abiertas, con la piel llena de moratones y arañazos. Y eso sin tener en cuenta que, en esta ocasión, Violeta no necesita que la follen, sino que la cuiden. Que le pongan dos almohadas bajo la nuca para poder seguir comiendo sin incorporarse. Que le traigan una bolsa con mudas limpias y un pijama por el que no le asome el culo. Que, durante las próximas tres semanas, le recuerden la hora a la que tiene que ingerir su antibiótico y le preparen una mezcla de limón con jengibre que quema en la boca y ahuyenta la ansiedad por beber alcohol. Paul no es esa persona.

—Si a ti te parece bien, prefiero no avisar a nadie. Pero necesitaría que fueras a mi piso...

Salma asiente. Durante mucho tiempo, se dedicará a asentir o, al menos, dará la impresión de que es ella quien cede. ¿Que eres vegetariana? Pues me hago vegetariana. ¿Que te gusta el fútbol? Pues me aficiono. ¿Que no puedes dormir con los pies apuntando hacia la puerta? Pues remodelamos la habitación. Hay personas así, para las que enamorarse es adoptar un punto de vista nuevo, alojarse en el otro como esos hongos que colonizan a las hormigas y les dosifican LSD para que la experiencia sea en todo momento placentera, hasta reventarlas desde dentro.

Salma regresa al cabo de dos horas con una bolsa de deporte llena de ropa limpia y una cesta de jabones, cremas y peluches que compra a un precio probablemente desorbitado en la tienda de regalos del hospital, y arguye ante Violeta, con gran vehemencia, que el piso de estudiantes sin calefacción y manchas de moho en el que malvive no es un sitio adecuado para recuperarse de esto.

—Mira, no quiero ser la típica intensa que te pide que te vayas a vivir con ella nada más conocerte, o sea, que serán solo unas semanas, hasta que te pongas buena, y sin ninguna expectativa romántica, ¿vale? Es solo que creo que somos responsables de las personas que aterrizan en nuestra vida, y tú y yo nos hemos encontrado justo en este momento, justo cuando te ha pasado esto... No puede ser casualidad... No creo en las casualidades.

Violeta, que —no lo olvidemos— ha perdido dos litros de sangre y aún tiene los párpados pesados por efecto de la anestesia, la mira a los ojos y siente vértigo, es decir, la inercia pura de arrojarse. E intuye algo distinto esta vez. Que Salma no será como las anteriores, como las muchas amantes que han llegado para suturar la herida de Paul y a las que siempre ha abandonado para volver con él cuando la costra se ha endurecido.

—Está bien. Un par de semanas.

La enfermera del turno de noche irrumpe en la habitación mientras se están besando y les recuerda que ha terminado el horario de visitas.

—Tenéis diez minutos.

Antes de irse, Salma le dibuja una flor a Violeta en el dorso de la mano.

—Es una *eguzkilore*, para que te proteja.

—No sabía que fueras vasca.

—Tampoco viste mi obra, ¿no?

Violeta se ruboriza. Al parecer, había un par de cuadros de Salma expuestos en la galería donde se conocieron, ambos con motivos florales, y no reparó en ninguno de ellos.

—Bueno, pues soy vasco marroquí. Mi padre es de Guetaria y su madre nos colgaba estos cardos en la puerta de casa cada vez que venía de visita. Y mi abuelo materno trabajó durante años recolectando rosas de Damasco. Por eso inicié esta serie en la que...

Mientras la escucha hablar sin entender gran cosa, las estrellitas de la sopa de estrellitas siguen transformándose en distintas formas geométricas como células en división continua, pero eso Violeta no lo sabe, porque tiene la mirada puesta en otro sitio: en el surco, como el fruncido de una tela, que aparece sobre el labio superior de Salma, debajo de las aletas de su nariz estilizada y breve. Su rostro muestra muchos huecos de ese estilo, recodos que parecen refugios. Qué suerte he tenido, piensa de pronto Violeta, y se le llenan los ojos de lágrimas. Estoy viva de milagro y han venido a rescatarme.

En invierno, Paul y Violeta se refugian en las cafeterías próximas al instituto, junto al río. Apuestan cigarrillos a juegos de dados y cartas bajo el influjo de una pantalla de televisión gigante que reproduce en bucle la misma docena de videoclips que determinan la época.
—Qué música de mierda.
—Pero te las sabes todas.
Se lo saben todo: la última alineación de su equipo de fútbol; lo que cuesta un cubata de ron con cola en cada uno de los bares de la parte vieja; los nombres de las discotecas más famosas del país; la cartelera de cine; las casas de alta costura que desfilaron en la Semana de la Moda; las letras de todas las canciones de Miss Sagittarius, su grupo de punk preferido, que recitan de carrerilla en momentos de alta tensión: a las puertas de un examen o una cita romántica, o durante alguna de esas comidas familiares a las que sus madres se presentan con sus nuevas parejas. El momento histórico les pertenece, e incorporan sus referencias con la facilidad con que un niño aprende las palabras de su lengua nativa. Dentro de diez años, como un ordenador que deja de actualizarse, el fenómeno remitirá y comenzarán a sentir nostalgia incluso por las canciones comerciales que tanto aborrecen ahora.
En primavera se cuelan en las zonas verdes del colegio católico y fuman bajo el sol, admirando los cercos oscuros que han brotado bajo sus ojos, no saben si por falta de hierro o de luz natural o de sueño. Les gusta imaginar que son vampiros, paladear conceptos adultos como la belleza o la muerte. Discuten con seguridad y vehemencia sobre cues-

tiones de las que apenas saben nada que no aparezca en sus libros de texto. Lo importante es tener opiniones fuertes sobre cualquier cosa.

—El comunismo está bien, pero me mataría de tristeza que todo el mundo llevara abrigos del mismo color cada temporada.

—Lo dices como si Zara no os vistiera igual a todas.

—¿Y a todos?

—Estoy en contra del matrimonio homosexual.

—No, lo que pasa es que estás en contra del matrimonio.

—Me gustaría que nuestra orientación sexual fuera una forma de disidencia.

—Pero hay muchos maricas de derechas.

—¿Crees que nos enamoramos de personas que nos recuerdan a nuestros padres?

—Creo que nos enamoramos de personas cuya infancia se pareció a la nuestra.

Durante el último año de instituto, apenas se relacionan con el resto de los compañeros. No es que los desprecien —aunque sin duda los consideran menos inteligentes, algo cuadriculados, previsibles, infantiles y dóciles—, sino que el tiempo, por primera vez, se ha vuelto precioso y hay que jerarquizar. A medida que se aproxima el mes de junio, y los exámenes de selectividad y el fin de una era, los días laten con una urgencia inasible. Hay clases de refuerzo en matemáticas, visitas a universidades, asambleas para organizar el viaje de fin de curso y, en el caso de Paul, todo un itinerario de pruebas hercúleas que incorporan a la experiencia de estos días un vocabulario exótico para Violeta: el dictado a tres voces, la sonata, el estudio, la fuga. Ella no entiende lo que significan estas palabras, pero las pronuncia con la trascendencia que él les otorga, y piensa que no hay nada en su futuro cercano que vibre con el mismo peso.

Esto es algo que no se atreve a reconocer en voz alta, ni siquiera ante él, pero se siente al margen del hito, desprovista de agencia, transitando por un videojuego donde no es el coche sino la vía lo que se mueve a toda velocidad. Ha realizado la preinscripción en tres universidades, con una titulación distinta en cada una de las tres. Lo mismo le da Derecho que Literatura que Economía. Qué diferencia puede haber si esto es, al fin y al cabo, una compensación histórica: lo hace porque su madre no pudo. Y, si no fuera una cuestión histórica, es decir, de clase, tampoco serviría para otra cosa que para alimentar la ilusión del tiempo, que es eso que media entre un punto marcado en el mapa y el siguiente más cercano.

A pesar de la abulia, cumple con sus obligaciones. Incluso se ha apuntado a la autoescuela, antes de los dieciocho, para ir preparando el examen teórico. Hay que rascarle días al calendario, que el futuro nos pille con ventaja. Cuando llega a casa por las noches, su madre ya está dormida, y, mientras se prepara un sándwich y se apaga a sí misma en alguna plataforma pirata de series en *streaming*, tiene ganas de llamar a Paul para retomar la conversación sobre el trabajo sexual —¿a favor o en contra de regularizarlo?— que han dejado a medias esta mañana, pero recuerda que seguirá encerrado en su sordera sonora y se caga en Scriabin, en Beethoven y en Bach. Cada vez que Paul se pone los cascos y empieza a anotar una línea de bajo en su cuaderno de pentagramas, ella siente que está cerrando los orificios de entrada a una celda y quiere arañar las paredes hasta quedarse sin uñas. Algo está cambiando en su manera de pensar en él. O igual es que nunca había tenido que pensar en él porque siempre estaba a su alcance, de una forma u otra. No lo entiende del todo y lo somatiza como un globo o un quiste en el timo; es la fuga energética por la que se pierde su capacidad de emocionarse con el rito de paso que aguarda al otro lado del solsticio.

—¿Qué vamos a hacer en San Juan?

—Quemar los libros de historia; escribir buenos augurios con nuestra sangre: yo con la tuya y tú con la mía; litros de Licor 43 con zumo de naranja; ver amanecer juntos. —Se avergüenza de la última frase nada más decirla, pero él la descarta haciendo un gesto escéptico con las cejas.

—¿En la playa?

—Eso han dicho las de clase. Pero, si no te apetece ir conmigo o tienes otros planes, tú mismo.

—¿De dónde sacas eso? Estás un poco rara. Igual hay que bajarle al Red Bull.

—Hoy solo me he tomado uno.

—Pues será tu ciclo menstrual.

—¿Va en serio?

—Es lo que diría mi padre.

—Tu padre diría «es que estás con la regla».

—Así que estás con la regla...

—Te pegan cero los chistes misóginos.

—Me estás estereotipando por maricón.

—Tampoco eres *tan* maricón.

—¿Perdona?

Violeta no sabe por qué ha dicho eso. Será que lleva demasiados días rumiándolo y tanto tiempo a solas con sus apuntes que ha perdido la noción del límite que separa su mundo interno del compartido. El caso es que ya no puede desdecirse.

—¿A qué ha venido eso?

—Pues no sé, a veces hemos dormido juntos y he sentido que...

El rostro de Paul se tensa en una arruga extendida que parece un augurio de su rostro mañana, es decir, dentro de cuarenta años. Violeta sabe que tiene que dejar de hablar, pero tiende a la desproporción cuando se equivoca. Funciona un heurístico en su cabeza que dicta: si ya lo has hecho mal, sigue hasta hacerlo peor. Y eso hace.

—A ver, sé que a veces es involuntario, pero no me refiero a que fuera algo que te pasara en sueños, sino cuando me abrazabas, o sea, despierto, y sentía contra mí... Ya sabes. Y, es decir, que sí parecía que tenía que ver conmigo, aunque tampoco es que le dé importancia, o sea, que es una chorrada y no cambia en absoluto tu...

—Joder, tía, qué desubicada, de verdad. No te entiendo.

Paul se pone los cascos como quien da un portazo y cambia de acera en el semáforo más próximo. Violeta se queda anclada en el sitio, sin poder creerse lo que acaba de pasar, lo que acaba de decir, y empieza a llorar con todo el cuerpo. Resopla, hipa, se dobla por el abdomen. Lo acaba de entender en su brutal simpleza: está profundamente enamorada de este chico, y es tan imposible como los amores imposibles de las novelas de antes, cuando los pobres solo se casaban con los pobres, los blancos con los blancos, y no existía el divorcio. Claro que aquellas limitaciones eran externas. No ha conocido heroína cuyo conflicto fuera el deseo por alguien que dejaría de ser quien es si también la deseara. Porque eso es la orientación sexual, ¿no? Algo que eres. Lo han repetido muchas veces. Que no es una elección. *Born this way.* Todo eso. Ahora, Violeta no solo ignora qué hacer con su vida, sino también quién es. Apenas tiene claro lo que le falta.

Restan quince días para la selectividad y su madre le da permiso para quedarse en casa estudiando. Se encierra en su habitación. Se ducha cada tres o cuatro días. Está convencida de que su sudor huele a sangre, a algo oxidado, enfermo. Por las noches se conecta al Messenger y manda mensajes de náufrago a través de versos de canciones que se pone de *nickname*, dando por hecho que él, que no la escribe, al menos la leerá. «El agua se conoce por la sed. / El amor, por el moho de la memoria». Él contraataca desde lo pragmático, dejando claro que su prioridad está en otro sitio, en el futuro, en lo importante: «Digamos que ganaste la carrera / y que el premio / era otra carrera». Sonata, preludio y fuga. Ahí está la cabeza de Paul. No tiene tiempo para sus tonterías sentimentales. Violeta ingiere el mensaje, pero no lo metaboliza. Retortijones en el vientre bajo. Una carrera a través del pasillo para alcanzar a tiempo la taza del váter.

Su madre se preocupa.

—Hija, te lo estás tomando demasiado en serio. Saldrá bien. Todo el mundo aprueba la selectividad.

Siente una pena enorme de sí misma, que apenas se concentra en sus libros y sufre por algo que no se dice, algo que se le queda atascado en la glotis, poroso e hinchado. Se hace daño dentro de su cabeza para que el tiempo se atornille: sin tener que cerrar los ojos, visualiza las manos de Paul sobre su cuerpo. No entra en detalles, porque si lo hiciera despertaría la voz del látigo, la que le recuerda que él la rechaza, que sentiría asco de hacerle cualquiera de esas cosas que se está imaginando, la muy cerda. Así que se queda en un registro vago e ingenuo. Sus manos. Muy blancas y aún algo infantiles. La idea es que no es capaz de predecirlas. La idea es que hay una presión contra su piel y no sabe si irá a más o a menos, si se transformará en una caricia o en un arañazo. Esa incertidumbre es un veneno, algo gaseoso que nace donde nace pero que enseguida se multiplica y expande, que colma la caja torácica y estrecha los canales por los que circula el oxígeno. Se ahoga. Si llevara un corsé que le comprimiera el pecho, ella también se desmayaría como las doncellas de antaño. ¿Cómo pueden esperar que estudie? Y, aun así, al final lo hace, como se hace todo lo inevitable. Mapas de ríos de España. La Constitución de Cádiz. Balance de bienes activos y pasivos. Un comentario de texto sobre la última columna de Javier Marías en ese periódico que lee su padre. Es lógico que, si nos habitan millones de microorganismos con los que convivimos sin tener conciencia de ellos, haya al menos una conciencia externa que también nos habite. Alguien que emerja en los momentos críticos y tome los controles de la nave. Cuando sale del último examen, tiene amnesia de cuanto ha escrito, pero sabe que ha escrito mucho. Páginas y páginas a lo largo de dos horas, con su caligrafía de vocales redondas y chatas. Y es verdad que todo el mundo aprueba la selectividad. Ni siquiera cabe el alborozo.

Es 9 de junio y los exámenes del Conservatorio Superior de Música no empiezan hasta el día 14. Paul seguirá sentado al piano, con sus hombros diminutos cada vez más hundidos y la mirada como de otro mundo que se le pone cuando ensaya demasiado tiempo. Las compañeras de clase han organizado una cena de fin de curso, pero Violeta prefiere quedarse en casa escuchando canciones pretenciosas de músicos que presumen de poetas. «Yo no estaba allí / ni en ninguna otra parte, / ni había estado nunca ni estaría». Hay un efecto del pedal de esa guitarra que le recuerda al modo en que siente su cuerpo cuando se disocia, como algo sumergido o acuoso. Si Paul estuviera allí con ella, le explicaría exactamente en qué consiste. Le contaría que ha estado leyendo *El banquete* de Platón y que el profesor de filosofía se equivoca. No es que en los orígenes fuéramos todos andróginos, mitad hombre, mitad mujer; también había cuerpos con dos mitades de hombre y dos mitades de mujer. Son los que, al seccionarse, quedaron inscritos en la búsqueda de lo similar, los maricas y las bolleras. Tampoco Platón contemplaba la bisexualidad. Alguien debería inventarse un término de jerga, un insulto reapropiable para los bisexuales, porque decir «soy bisexual» es vergonzoso, como una categoría fisiológica o una enfermedad rara. Sigo sin pensar que yo lo sea. Yo solo te deseo a ti. Eso le diría. Pero qué bochorno.

Los días se suceden como si atravesara un tramo de niebla en el coche. No hay paisaje exterior ni aunque asome la cabeza por la ventanilla. Aprueba el teórico de conducir, pero eso también lo hace cualquiera. El 16 de junio se acuesta llorando, porque sabe que Paul ha terminado sus exámenes y ni siquiera desde la euforia de esa cima curricular se ha decidido a llamarla. ¿De verdad fue tan terrible su desliz? A lo largo de los años se han dicho cosas muy duras. Estuvo aquel fin de semana, cuando Violeta le aceptó a un desconocido un cigarro untado en cocaína, que Paul se asustó y la llamó buscona y otras muchas cosas sin aroma a Siglo de Oro, y ella le devolvió un guantazo y le abrió el labio con un anillo con incrustaciones de piedra que llevaba en el dedo índice. Resistieron hasta el viernes sin dirigirse la palabra en clase, pero el sábado volvían a estar juntos, bebiendo en ese rincón del río por el que nunca pasa la policía como si nunca hubiera pasado nada.

—Si ibas a drogarte por primera vez, podías haberlo hecho conmigo —le dijo Paul, y compraron algo que pensaban que era *speed* pero resultó ser ketamina y les sentó fatal, y juraron que jamás, jamás en la vida, volverían a hacer algo semejante, y el propósito les duró unos meses.

Parece inconcebible que esta vez sea distinto, es decir, que el enfado les dure más allá de la fiesta, pero a lo mejor ellos también están de cierre. Termina una etapa. Se arrasa con todo. Al fin y al cabo, quisieran o no, septiembre iba a romper la cuerda. Ambos dejarán este lugar donde han crecido y seguirán creciendo en otras ciudades con campus, distantes la una de la otra. Aunque se hubieran jurado amistad eterna, la vorágine de la novedad y el ruido los habría acabado relegando a un encuentro de rigor por Navidades y a algún mensaje por Facebook cuando la red social se popularizase. Igual eso es lo natural. Lo que debería haber sido. Pero es de otra forma.

El día de San Juan sigue tumbada en la cama, leyendo una novela de Wilkie Collins que arranca como tantas de sus preferidas: con un matrimonio conveniente que anula un matrimonio por amor. Es un folletín fabuloso y no tiene intención de abandonarlo hasta apurar sus seiscientas cuarenta páginas, pero entonces ocurre algo insólito. Su madre entra en la habitación y no dice nada sobre el olor a zoológico ni la ropa que alfombra el suelo. Al contrario, sonríe como cuando está borracha sin que aparente estarlo y le entrega un paquete con un envoltorio elegante, de caja de bombones.

—Para tu fiesta.

Violeta no sabe qué día es ni de qué fiesta habla, pero le conmueve encontrarse bajo el papel de celofán con un vestido veraniego que vio en un escaparate hace semanas, mientras paseaban juntas por la calle. Le conmueve que su madre haya recordado la tienda, el artículo que le llamó la atención, que sepa qué talla gasta, que se lo haya mantenido en secreto. Deja el libro sobre la cama y la abraza con todas sus fuerzas. Comienza a llorar. Su madre le acaricia el pelo apelmazado como si fuera digna de ello, como si estuviera limpia, como si lo mereciera. Todavía no se han desgajado del todo. Viven en continuo conflicto, pero es porque, al igual que le sucede con Paul, Violeta desea que la ame de una forma de la que no es, o no la cree, capaz.

—Pero, hija, ¿qué te pasa? Si te está saliendo todo bien.

Violeta llora todavía más.

—Tengo mucho miedo.

—Ay, niña, miedo tenía yo a tu edad, que me tocaba elegir entre quedarme en el pueblo y cuidar de por vida a mi madre o abandonarla e irme con lo puesto a servir, pero tú no tienes motivos para estar asustada. Aquí vas a tener tu casa pase lo que pase. No te das cuenta de lo importante que es eso, saber que puedes equivocarte porque no te vas a quedar nunca en la calle.

En otras circunstancias, a Violeta le habría enfadado que su madre solo supiera consolar desde la comparación, desde el yo siempre más, pero hoy asiente y se sorbe los mocos. Razón no le falta. Nada puede ser tan terrible cuando tienes diecisiete años y un vestido nuevo.

En apenas un instante, a esa velocidad a la que cambia el espíritu cuando aún no acumula muchos posos, Violeta se airea y cobra luz. Se libera de su madre, salta de la cama y empieza a desnudarse. El vestido es amarillo y tiene unos tirantes gruesos que se cruzan en el pecho y se anudan en la nuca, dejando la espalda al descubierto. Se mira en el espejo y se siente satisfecha. Es alguien que, al menos de lejos, podría parecer una mujer hermosa.

—¿Qué tal me queda?

—Bien. Te hace parecer menos flaca de lo que eres.

—Eso es bueno, supone—. Aunque estás muy blanca. ¿A qué hora termina la fiesta?

—Cuando amanezca, mamá. Es San Juan.

—¿Volverás con Paul a casa?

—Mira, de Paul mejor no me hables.

Como es obvio, su madre adivina en ese instante todo lo que lleva semanas gestándose, pero, por una vez, no dice nada.

La playa parece una postal retrofuturista, un concilio de tribus paganas que bailan tecno en torno a las hogueras, decenas de ellas, algunas diminutas, dispersas a lo largo del arenal, con el sol insomne brillando hacia el este y rebotando iridiscencias de alfiler contra la orilla. Toda la sensación de trascendencia que Violeta ha eludido durante las últimas semanas se le viene encima cuando localiza a su propio grupo y abraza a sus compañeras de clase por primera vez desde que terminaran los exámenes. Son libres. Por muy poco tiempo, pero están fuera. Dentro de unos años, cuando aborrezca su trabajo y piense que sus cincuenta horas semanales son terrorismo, se habrá olvidado de esta época en la que lo impuesto y lo obligado lo abarcan prácticamente todo; esta época en la que, precisamente por ello, la fiesta es el centro catártico de la vida, algo que se gana con esfuerzo, sudor y hastío.

—¡Qué guapa estás! ¡Qué ilusión verte!

La recibe una chica con la que ha compartido pupitre nueve meses, pero cuyo nombre olvidará pronto. Sabe de ella que le gusta subrayar los apuntes con rotuladores de punta fina de diferentes colores. Los organiza según la escala cromática en el interior de su estuche. Devora caramelos Werther de fresa y nata, y está enamorada del chico de la camiseta de rayas marineras. Siempre que salen de fiesta y se acerca la hora de cierre, se besan a escondidas con una urgencia torpe, pero luego vuelven a clase el lunes y él finge que no se conocen. Violeta olvidará su nombre, pero no estos detalles sin demasiada sustancia.

—Cuando ha llegado Paul sin ti hemos pensado que ya no vendrías.

Violeta se tensa. Mira a su alrededor, pero no lo ve. No, no está aquí. No lo huele.

—¿Ya se ha ido?

—Está saludando a los del conservatorio. Toma, sírvete. Hemos comprado tres garrafas para compartir y Lucas ha traído una neverita con hielos.

Lucas. Ese es el nombre del chico de la camiseta a rayas, que la saluda levantándola unos centímetros sobre el suelo como si él fuera un gigante y ella una niña.

—Violeta, Violeta, Violeta... *Tres violetas para ti, con ellas quiero decir...*

—Son gardenias, tío. Tres gardenias.

—A ti no te gustan mucho los rabos, ¿verdad, Gardenia? Igual es que no has probado ninguno que...

Lucas se agarra la entrepierna y Violeta hace la mueca de asco que procede.

—Venga, anda, bebe.

A pesar del calor pegajoso, siente un escalofrío al contacto de sus labios con el hielo. De pequeña odiaba la playa. El picor de la arena, el salitre, la crema solar. La conductividad de su piel cambiaba en cuanto dejaban el coche en el aparcamiento. Ahora también tiene ganas de rascarse para sentir que controla el motivo por el que sus poros se endurecen, pero, en lugar de hacerlo, apura el trago. Bebe deprisa para que todo lo demás se enlentezca, para que su corazón deje de sonar más fuerte que el bombo que marca la base rítmica de la música, cuatro negras por compás —siempre tiene que haber algo sencillo y sólido que encauce el delirio, le ha enseñado Paul—, y pronto la medicina surte su efecto. Pestañea y el enfoque cambia. Los límites se emborronan. El ruido parece asordinado. Gira sobre su eje con los brazos en cruz y choca contra una caja torácica en la que se amplifica un gruñido.

—Ay, perdón, hola.

Ella tiene una sonrisa desquiciada, pero los ojos de él parecen un eclipse. No hace falta conocerlo como ella lo conoce para saber que está drogado.

—Así que saludando a los del conservatorio, ¿eh?

Paul se ríe y le enseña su mano izquierda, cerrada en un puño. Ella forcejea uno a uno con sus dedos para acceder a la bolsita que esconden y, mientras lo hace, recuerda aquella bola de plasma que tenía en la mesilla de su habitación cuando era pequeña, en las corrientes que irradiaba el núcleo hacia la yema que lo excitaba, azul eléctrico. Siente que cuanto hay de energético en ella se trasvasa al pulgar de Paul, y del pulgar al índice, y del índice al medio, y así hasta desenvolver el tesoro. Aparece un titular luminoso en su mente: nos estamos tocando. Pase lo que pase en los minutos siguientes y en lo que resta de vida, ahora se rozan.

—Sírvete.

Violeta captura un par de cristales y los vierte en su vaso de plástico. Mientras revuelve con la pajita para que se disuelvan, lo mira de reojo. Se ha dejado crecer la barba y parece más mayor, más anguloso que hace un mes. Un mes es prácticamente una vida en según qué circunstancias, y aun así es muy sencillo fingir que no ha pasado nada, ni siquiera el tiempo. Hablan como quien libera un dique, pero solo de vaguedades.

—Qué predecible el final de *Perdidos*.

—Lo típico. Esa obsesión que tienen los yanquis con Dios y con Cristo.

—En Estados Unidos, el 69 por ciento de la población es creyente. En España, el 37.

—Deberían estar todos en el psiquiátrico. No entiendo por qué se considera una enfermedad que alguien se crea Jesucristo, pero se normaliza creer que alguien existió, resucitó y ascendió al cielo.

—Cuidado con los psiquiatras, que todavía los hay muy amigos de las terapias de conversión.

Violeta tiene la ocurrencia de que eso es en efecto lo que a ella le gustaría, que un especialista condicionara a Paul para transformarlo en un hombre heterosexual que pudiera desearla, y según lo piensa se echa a reír. Ríe y ríe con el abdomen contraído de una forma dolorosa, y él, que no entiende nada, se contagia y ríe con ella. Cuando vuelven a la calma, Violeta repara en que ha estado obviando lo más importante.

—¡Tu examen de acceso! ¿Te han dado ya las notas?

Paul asiente, pero no dice nada, y, bajo la inundación de serotonina que lo anega, su expresividad es indescifrable.

—¿Y bien? ¿Has aprobado?

Los interrumpe una conga liderada por Carlota, la chica que en tercero de la ESO se encaprichó de Paul y luego exorcizó su despecho contando por el instituto que lo había pillado en la sala de profesores chupándole la polla al lector de inglés. Cosas del pasado. Nadie lo adivinaría por la confianza con que ahora los embiste y zarandea para que se unan a su desfile etílico. Parece que todo el mundo se toca esta noche, como si la distancia y los límites entre los cuerpos hubieran quedado abolidos por la magia atávica del solsticio.

—Mejor vamos a hablar a otro sitio —dice incómodo Paul, que tal vez no olvida el pasado con tanta facilidad, y la guía hacia una pequeña cueva, apenas una grieta, que hay en la pared del acantilado.

La cavidad es del color del hierro y huele a humedad y a algas fermentadas. Paul se encandila con los moluscos adheridos a la roca y Violeta sigue absorta cada uno de sus movimientos. Siente que sus pupilas también comienzan a eclipsar el iris, que algo efervescente la invita a tenderse en el suelo, con la mandíbula distendida, y fantasea con abandonarse a ese levitar secreto de sus células. Pero el deseo de permanecer junto a él en la dimensión compartida, es decir, en lo real, es todavía más fuerte. Tienen que aprovechar este encantamiento, tienen que hablar de lo que nunca hablan, porque para eso sirve la droga que han tomado. Dentro de unos años, los psiquiatras la utilizarán en terapias con pacientes con estrés postraumático para permitirles regresar sin dolor al lugar del dolor. Pero cuidado con los psiquiatras.

—Bueno, entonces, ¿has aprobado? —Paul no dice nada, pero esta vez Violeta adivina que su cuerpo asiente—. Así que te vas a la capital a triunfar, como al comienzo de los musicales.

—Eso parece. —Paul se desentiende al fin de las lapas y deposita su mirada en ella—. Me gusta tu vestido —le dice, y se aproxima a su espalda desnuda para acariciarla de arriba abajo con la yema de un dedo. Violeta siente un escalofrío y se queda paralizada, contenida, con miedo a que un gesto lo espante—. Y tú al final ¿qué?

El recorrido por la abertura del vestido termina en sus lumbares, y allí Paul abre la mano sobre su cintura.

—Filología inglesa, parece. —Violeta está confundida y nerviosa y solo es capaz de seguir hablando—. Aunque me tienen que confirmar la plaza en un par de semanas. Acabaré siendo profesora, pero al menos me dejarán releer a Jane Austen.

Le aterra equivocarse y malinterpretar las señales —¿es acaso posible que...?—, pero esta intimidad no se parece a ninguna otra que hayan sostenido en el pasado. La mano de Paul sigue firme en ella, ahora un poco más abajo, a la izquierda de su cadera, y toda su atención está volcada en ese pedazo de piel y en el sonido de sus respiraciones, rítmicas pero a contratiempo, como amplificadas y audibles a metros de distancia. Reposa su cabeza sobre el hombro de él y siente entonces sus labios en el cuello. Es un beso pequeño, diminuto, apenas un roce, pero es claramente una invitación a abrir la puerta. Violeta se gira y lo confronta. Están tan cerca que se respiran el uno al otro. Huelen a licor dulce y salitre. Sería tan fácil como ponerse de puntillas, levantar un poco el mentón y atrapar su labio inferior entre los incisivos. Si todo va mal, es posible que nunca vuelvan a verse. Pero vamos, tía, la vida no es para los cobardes. Cierra los ojos. Cuenta hasta tres y hazlo.

Al final cuenta hasta cinco, pero lo hace.

Está prohibido hablar de Paul. Salma le ha dicho que no quiere saber ni su nombre, aunque sin duda ya lo sabe, porque a Violeta se le escapa a menudo y, cada vez que lo hace, se lleva la mano a la boca y pide perdón como si fuera una niña que ha dicho un taco. Están en esa fase en la que las amantes se radiografían mutuamente, escribiendo sus memorias sobre el cuerpo de la otra —memorias interesadas, claro; autoficciones donde se blanquean y embellecen sus respectivos egos—, y lo cierto es que, para Violeta, hablar del pasado sin hablar de Paul es tan difícil como hacerlo sin mencionar a sus padres o a su amiga Chiara. Poco a poco, no obstante, se va acostumbrando a ello; a contar las anécdotas a medias, a agujerear su biografía hasta que, por alquimia, parece la vida de otra. Por ejemplo: cuenta el episodio en el que su madre la echó de casa a los quince años por haberse atravesado el ombligo con un *piercing*. Que el portazo llegó después de una pelea bastante violenta durante la cual la persiguió por el pasillo con unas tenazas de electricista con las que planeaba abrirle la boca a la fuerza, pero omite que esa noche y muchas otras similares durmió en casa de Paul porque él era el único con quien podía conciliar el sueño cuando su madre se volvía un felino rabioso y a ella le daba por temblar como un cervatillo. O también: que se llevó una paliza en la movilización que organizaba una plataforma antidesahucios en su barrio, pero no que todo empezó cuando Paul hizo un chiste sobre la erótica de los uniformes fascistas y uno de los antidisturbios se arrojó sobre él al grito de «maricón de mierda». En la versión censurada de su vida, Violeta se siente más heroica, más autosuficiente, porque casi siempre está sola. Es una mujer hecha a sí misma, además de una bollera sin mácula, porque otro de los efectos de eliminar a Paul de su relato es que su orientación sexual se clarifica. Nunca se ha sentido cómoda identificándose como bisexual, quizás porque albergaba los prejuicios clásicos contra las categorías porosas, o quizás porque él tampoco lo hace y, si no la acompaña en esto, esto no existe. Son, o han sido, o eran, el uno para el otro, la excepción que confirmaba su propia norma, y ahora se da cuenta de que es más fácil habitar la coherencia. Disfruta exhibiendo a Salma ante la gente de su entorno, hablándoles de ella a su madre, sus amigas o las compañeras de la academia de inglés en la que trabaja sin que nadie esboce gestos de incomprensión o sorpresa; sin que nadie sienta le necesidad de corregirla.

—Es que, hija... Lo de ese chico y tú... La amistad es una cosa y el amor es otra bien distinta. Creo que al fin lo entiendes. Que hay amigos que pueden ser como hermanos, pero que un hermano jamás podrá ser tu marido.

Está prohibido hablar de Paul, pero Salma sí que puede hablar y habla sobre su exnovia más reciente. Resulta que, cuando se encontraron en aquella exposición colectiva, ella también se acababa de separar. La mujer con la que había convivido durante casi una década se llamaba Marta, y antes de ser su amante había sido su profesora de Museología en la universidad. Tenía quince años más que ella, contactos en las principales galerías de la capital, la manía de visitar a Salma en su estudio compartido para emitir dictámenes inapropiados sobre la obra de sus colegas, y tendencias suicidas al volante después de cualquier discusión, lo que propició que Salma viviera encorsetada hasta la asfixia, con tanto miedo a contradecirla que acabó prácticamente muda.

—Y entonces un día me dijo que ya no me reconocía, que me había metido tanto en mí misma que la había dejado sola, que no tenía iniciativa, que salir conmigo era como salir con un mueble, que me faltaba discurso y que, sin él, jamás conseguiría despuntar en el mundo del arte, pero que, claro, eso era lo de menos, porque lo importante es que no tenía un discurso *sobre nosotras*, sobre el futuro. Estaba a punto de cumplir cuarenta años y creo que le habían entrado dudas sobre si debería haber sido madre o no. Yo le dejé bien claro desde el principio que no quería tener hijos nunca.

—¿Nunca?

La mirada de Violeta no entraña juicio ni súplica, pero sí cierta sorpresa.

—¿Tú sí?

—No lo sé. Ahora no. Mañana tampoco. Pero ¿nunca?

—Nunca. Hay cosas que se tienen claras, como la vocación.

—Ya, es que yo tampoco tengo vocación.

—Qué tontería. Lo que pasa es que no te escuchas nada. Igual si dejaras de poner música a todas horas...

Está prohibido hablar de Paul, y Violeta sabe que esto sienta un precedente peligroso, que no debería transigir con nada que normalice los celos de Salma, pero cada vez que intenta rebatirla en este punto vuelven juntas a la sala de urgencias del hospital, al instante en que se llevaron a Violeta en camilla y Salma se sentó a esperar pacientemente hasta que los minutos se convirtieron en horas y empezó a temer como nunca antes lo había hecho. Narra con tal precisión y angustia su periplo por los pasillos colindantes al quirófano en busca de enfermeros que pudieran informarla de algo, las evasivas continuas y los desplantes..., porque quién era ella, si aún no era nadie..., que cuando termina el relato parece que el percance lo hubiera sufrido la propia Salma, que conserva sus dos trompas de Falopio.

—Es que, si lo piensas, tú casi no te enteraste de nada.

Sería insensible por parte de Violeta poner en duda que aquella experiencia realmente marcó a su novia, y debe aceptar, por tanto, que la prohibición del nombre de Paul no es un arranque de posesividad ni control, sino un deje postraumático. De hecho, Salma se ha mostrado relajada y abierta en otros contextos que podrían haber desatado sus celos. El fin de semana anterior, sin ir más lejos, le había parecido bien que quedara con Denna, una de esas amantes que Violeta encadenaba en sus interludios sin Paul y que, en este caso, trascendió la ruptura y se aposentó como una buena amiga con la que la posibilidad de lo sexual jamás se abría ni se cerraba del todo. Solían verse cada dos o tres meses para tomar unas copas y charlar sobre las naderías que vertebraban su intimidad —el reality show que ambas veían, los exabruptos de ese cargo público al que aborrecían o la cartelera teatral en la que Denna, que era actriz, seguía intentando colarse—, y de vez en cuando, sin que ninguna de las dos pudiera predecir de antemano si iba a suceder o no, acababan en casa de Denna, donde follaban, o seguían charlando desnudas, o simplemente dormían abrazadas y desayunaban chocolate con churros en la cafetería de enfrente.

Cuando se presentó la ocasión de quedar con ella, Violeta sintió que era el momento perfecto para ahuyentar cualquier duda sobre su disposición a una relación monógama como la que habían tenido sus padres.

—Es una amiga, pero nuestra amistad incluye esto, y no tengo intención de cambiarlo —dijo rotunda y seria, y, si hubo algo de lo que Salma tuviera que recomponerse, lo hizo de manera invisible.

—Me parece casi un alivio, ¿sabes? Pensar que lo que tenemos nunca se va a ir a la mierda por este tipo de cosas. Solo te pido que no tengas secretos conmigo, que me lo cuentes todo.

Aquella noche, Violeta acudió a su cita con Denna como si fuera una auténtica cita, es decir, con la necesidad de conseguir y demostrar algo, con expectativas. Estaban en un bar de tapas del centro, un espacio enorme y ruidoso con mesas de madera y mantelería de papel, y enseguida se sintió ridícula con su vestido palabra de honor microscópico y el *glitter* plateado en los párpados. No sabía sentarse en las sillas altas de la barra sin que se le vieran las bragas, tenía que recolocarse el escote cada vez que se inclinaba a por una patata frita y era incapaz de mantener la atención en lo que le estaba contando su amiga, que comenzó a impacientarse.

—Violeta, ¿dónde tienes la cabeza? ¿Esperas a alguien?
—Para nada. Solo he quedado contigo.

Violeta le acarició la mano que tenía posada sobre la barra y, con los dedos de la otra, siguió el dibujo de una enredadera que adornaba sus medias, desde la rodilla hasta la parte interior del muslo.

—Joder, tía, ¿qué te pasa hoy? ¿No te follan bien en casa o qué?
—Perdona, es verdad que vengo un poco tensa porque es la primera vez que quedamos desde que estoy con Salma.
—¿Le parece mal que nos veamos?
—No, no es eso. O puede. La verdad es que no lo sé —dijo, y tuvo la sensación de que mentía y no mentía al mismo tiempo.
—Mira, yo no quiero dramas, que quede claro. —Pero lo cierto es que ambas tienen la edad y la composición de carácter idóneas para vivir por y para ellos.

Denna apuró la comida que aún quedaba sobre la barra en silencio, representando su malestar incluso a la hora de pagar la cuenta, de la que se desentendió mientras se retocaba el pintalabios, y, cuando al fin salieron, Violeta estaba convencida de que se despedirían en la primera intersección que las obligara a decantarse por el barrio de la una o de la otra, pero sucedió otra cosa. En cuanto se alejaron del gentío que se agolpaba a la entrada del bar, Denna la empujó contra la primera pared convenientemente oscura que encontraron y empezó a besarla. No fue agradable. Había una presión excesiva en cada elemento de la coreografía: presión contra el muro rugoso con restos de cola, presión en los labios de Denna, que parecían querer sellarla con alguna sustancia espesa que no acababa de solidificarse, y presión de huesos, una cresta de la cadera contra el pubis, un codo contra el esternón. Escuchó un sonido rasgado y no supo que eran sus medias hasta que los dedos huesudos de Denna se le hundieron en la carne. Jamás se había comportado así con ella, como si quisiera hacerle daño, pero Violeta no intentó detenerla. Necesitaba que aquello siguiera su curso, ejercer el derecho que se había ganado ante Salma, sellar el pacto a través de la acción. Y fue como si Denna le leyera la mente, porque de pronto cesó su asedio y dijo:

—Bueno, pues ahora vuelves con ella y se lo cuentas.

Y eso es lo que hizo.

Cuando llegó a casa, Salma seguía despierta y la esperaba en el salón con una botella de vino medio vacía. Se abrazaron con fuerza. Violeta sentía que regresaba al hogar después de mucho, muchísimo tiempo, y apreciaba el orden impoluto de las cosas conocidas, los libros de arte alineados por colores en las baldas, el rosal que había comenzado a florecer en la pequeña terraza donde, cada noche, se fumaban un único cigarro de liar a medias.

—¿Y bien?

Violeta se rio nerviosa.

—Pues nada. Sin más. No he querido ir a su casa.

—¿Pero os habéis liado?

—Sí. ¿Te parece bien?

Salma le rodeó la cintura con los brazos y tiró de ella para sentarla a su lado en el sofá. Le acarició el hueso de la quijada, desde el surco tras el lóbulo de la oreja hasta la barbilla, y le dio un beso largo y húmedo. Algo encapsulado en el vientre de Violeta explotó y ascendió por su columna hasta hacerle exhalar un suspiro.

—No me importa lo que hagas con tal de que siempre vuelvas conmigo —susurró Salma, y Violeta se encajó entre sus brazos, libre de cualquier peso, más como una hija que como una amante.

Lo que hay que hacer, pensó, para no repetir los errores que cometieron nuestros padres.

Lo que hay que hacer para no llegar a ser mi padre.

Violeta vive estos días con el estribillo de una canción de Miss Sagittarius metido en la cabeza. «Estoy aquí. / Y aquí me voy a quedar. / Estoy aquí. / Y aquí me voy a quedar». Estos versos tan sencillos resumen la decisión compleja que ha tomado hacia el final de su veintena, después de toda una década reemplazando amantes, sustituyendo cuerpos y cincelándolos para que fueran tapones. Si su vida no va a ser con Paul, lo será con Salma y con nadie más. Se retira del casting, de la gran búsqueda. Esta es la elección definitiva. Cualquier persona le diría que estas cosas no se materializan a golpe de voluntad, que la vida es cambiante e imprevisible y que ya no habitamos el mundo que les tocó sufrir a nuestras abuelas, donde el matrimonio era un destino irrevocable, pero quizás Violeta haya empezado a añorar dicho mundo, la posibilidad de un compromiso que se mantenga en el tiempo por el simple hecho de que no hay más opciones. Apostar por tu mujer como si la posibilidad de intercambiarla por otra —más joven, más estimulante, más nueva, mejor, distinta, simplemente otra— no existiera. Y no hace falta un poder externo que la obligue a mantenerse en esta vía. Ella será su propia ley contraria al divorcio. Amará, por fin, lo que tiene y no la imagen hipotética de lo que podría tener. Pero sin ser ingenua, claro está. Si van a estar juntas para siempre, habrá que concederle un hueco al deseo, al hartazgo, a la aparición de amores nuevos que jamás serán una amenaza si la base es sólida y la jerarquía inamovible. Sinceramente cree que, si adscriben esta estipulación a su contrato, quedarán blindadas ante el futuro. No hay más que hablar. Ya son un equipo invencible.

—Quiero que me cuentes lo que te habría gustado hacerle a Denna si hubierais acabado en su casa.

El aliento de Salma se condensa y llueve por su cuello mientras fuera también llueve; un viento de altamar sacude la casa como si algo monstruoso quisiera allanarla, colarse por las ventanas y borrarlas de una sacudida. Pero el edificio es de hormigón. Todo juego es inocente siempre que sea un juego y ellas dos están a salvo siempre que permanezcan juntas.

—Pues en la India, si no tienes amigos, no tienes sangre.

Violeta y Chiara están sentadas en la cafetería de un parque. Es primavera y, filtrada a través de las copas de los árboles, la luz que las ilumina es objetivamente favorecedora, aunque el aspecto de Chiara no admite filtros. Su rostro es algo hermoso pero enfermo, como una fachada en manos de la hiedra, como la Virgen de un retablo sin restaurar. Regresa de una ruta por monasterios y *ashrams* que casi le cuesta la vida. Ha perdido quince kilos y la cicatriz que le atraviesa el hombro izquierdo todavía parece fresca. Acababa de dejar Kochi y se dirigía hacia el sur cuando, en un socavón, perdió el control de la moto y se salió de la vía. Rodó por un barranco de diez metros hasta alcanzar tierra firme, y la moto cayó en plancha junto a ella, a diez centímetros de su sien.

—Estoy viva de milagro —dice, y a su sonrisa le falta un colmillo.

Violeta se pregunta si ese habrá sido su aprendizaje espiritual, sentirse agradecida ante su mierda de suerte, e ironiza para sí con que mejor habría sido no tener nada por lo que dar las gracias.

—Cuando ingresé en el hospital, necesitaba una transfusión urgente, pero en la India no hay bancos de sangre altruistas. Si tienes a un familiar en el hospital y sois de tipos compatibles, te presentas y donas para él.

—¿Y entonces? ¿Qué hiciste?

—No había nadie entre el grupo de moteros al que me uní que fuera O positivo, así que tuve que comprarla.

Unos sesenta pavos por litro. Hay gente que se dedica a eso. Como si fuera ganado.

La última vez que había visto a Chiara, esta acababa de separarse de un novio doce años mayor que ella con el que había estado a punto de casarse. Llegaron a tener fecha de boda, restaurante e invitaciones, pero, en el último momento, Chiara se echó atrás. No era capaz de imaginarse la vida después de aquello, la pregunta cada vez más insidiosa sobre unos hijos que no sabía si querría tener nunca, los fines de semana confinados en la casita de pueblo de la familia de él, con los amigos de él, que no admitían mujeres en las cenas semanales que celebraban en el *txoko* de la planta baja. Necesitaba tiempo para resituar sus aspiraciones antes de cerrarles por completo la puerta, así que se fue. Volvió a casa de sus padres, desconectó el teléfono y se pasó un mes encerrada en la habitación de su infancia, leyendo libros de superación personal, haciendo yoga y llorando una angustia muy vieja que, al salir, le adelgazaba el cuerpo como un drenaje linfático. Cuando terminó su retiro, sintió que había entendido cosas importantes. Quería un amor que no fuera fusión, que salvaguardara la membrana aceitosa de su propio ego. Quería un compañero de viaje, no un marido. Quedó con su novio para compartirle sus descubrimientos y proponerle una ruta distinta, zigzagueante, hacia el futuro, pero se encontró con que él no seguía esperándola. Su Instagram se había llenado de fotografías de una chica aún más joven que la propia Chiara y que se parecía a la Chiara de hacía diez años, la que aún no se había bajado de los tacones y decía que sí, que el sexo anal le resultaba divertido. La paz que había conquistado durante sus semanas de encierro resultó ser endeble y dio paso a una rabia desconocida y temible. Un mes. Aquel hombre que le pidió matrimonio había tardado un mes en suplantarla por una versión ingenua de sí misma. Había perdido un juguete y se había comprado otro, nuevecito, con el papel protector intacto.

—Quiero armar un proyecto, crear una plataforma de solidaridad femenina para romper con este asunto de descarte y sustitución de cuerpos en el que estamos metidas. Es decir, ¿cómo es posible que nuestro capital erótico se agote a los cuarenta y cinco, y que ellos, en cambio, siempre encuentren por quién reemplazarnos? Si todas las mujeres feministas de este mundo nos comprometiéramos a no salir con hombres mayores que nosotras, y si tuviéramos acceso a sus historiales sentimentales antes de iniciar una relación con ellos, se les acabaría el chollo. Debería ser obligatorio hablar con las exparejas que ha tenido un tío antes de decidir si queremos o no liarnos con él. Prevención de daños. El fin de sus privilegios.

A Violeta le hizo gracia la idea, aunque pensó que, en su caso, llevaba las de perder tanto como cualquiera de los hombres a los que apuntaba el odio de Chiara. Es decir, si la forma en que se había comportado con sus anteriores parejas fuera su carta de presentación, tendría que conformarse con la soledad.

—Estás infantilizando un poco a las mujeres si das por hecho que sus motivos para hablar mal de un ex serían siempre honestos y desinteresados. También somos zorras y celosas y potencialmente malas.

—Tú no cuentas. A ti no te gustan los hombres —sentenció Chiara, aunque enseguida agregó el matiz—: Bueno, apenas.

En ese instante, Violeta estuvo a punto de preguntarle por Paul, pero se contuvo.

Hoy tampoco lo hace, aunque su presencia es densa, ectoplasmática, porque Chiara es la única persona de su entorno que aún sigue en contacto con él.

—Toma, te he traído un regalo.

Le entrega una pequeña bolsa de seda teñida. Violeta sonríe y extrae un collar de cuentas rojas. Acaban en un remache extraño, como un pequeño pompón hecho de hilos.

—Es un mala —explica—. Para meditar.

Violeta no sabe qué decir. Se notaría que miente si dijera «qué bonito», porque no es bonito, y al parecer tampoco es decorativo. Así que opta por el sarcasmo.

—Lo guardaré como recordatorio de que casi mueres.

—Deja que te explique cómo se usa.

Chiara se enrosca el collar en la mano y le enseña a correr las cuentas hacia dentro, con un movimiento mecánico del pulgar.

—Con cada cuenta repites un mantra. Puede ser cualquier cosa, en realidad. Al principio, como mi maestro no me había dado ningún proverbio, recitaba el padrenuestro.

—¿El padrenuestro? ¿Va en serio?

Violeta recupera el collar y lo estruja entre sus manos. Encuentra algo reconfortante en el frescor de las cuentas, que son de piedra, y en la imagen por asociación que le devuelven: tiene ocho años, es la hora de la siesta y su abuela, que se ha quedado dormida rezando el rosario, ronca sobre la mecedora. La abuela Merche, que la intentó bautizar por su cuenta en la pila bautismal del pueblo, fue la última católica de una familia donde el ateísmo es un distintivo identitario. En la rama de su padre, tanto él como sus hermanos lucharon durante años contra la burocracia vaticana para conseguir la apostasía y tienen la carta que los libera del credo siempre a la vista, como un blasón. La madre de Violeta, por su parte, insistió en casarse por la Iglesia para complacer a su madre, y, cuando se divorció, culpó a la Iglesia de todo lo malo que le había traído aquel contrato. Tampoco olvida ni perdona las humillaciones a las que la sometieron las monjas del colegio. Cuando Violeta era adolescente y se quejaba del despotismo de algún profesor o de los madrugones que tenía que meterse para llegar a las ocho de la mañana al instituto, su madre la silenciaba con alguna de sus anécdotas favoritas:

—Una vez me sacaron al encerado a hacer una ecuación y, como me equivoqué, me colgaron un cartel que decía BURRA y me hicieron desfilar rebuznando de clase en clase.

O:

—En otra ocasión, me encerré con mi amiga Amalia en el baño a fumar un cigarrillo y se pensaron que éramos lesbianas y nos estábamos metiendo mano, así que nos cogieron del pelo y nos llevaron a rastras varios metros mientras nos gritaban «cerdas» y «putas».

A Violeta le gustaba imaginar que esta anécdota encubría una experiencia lésbica de su madre, que sí se estaba tocando con aquella amiga o al menos lo deseaba, pero reconoce que esta fantasía está al nivel de las *fanfictions* que escribía por aquel entonces, emparejando a las protagonistas siempre heterosexuales de sus series de televisión preferidas. El hecho es que en su familia se odia a la Iglesia católica con devoción, y eso implica que también se desdeña cualquier tipo de espiritualidad o acercamiento religioso a las cuestiones metafísicas. Cuando su padre le explicó la muerte en el funeral de su abuela, lo hizo con el símil de un televisor que se apaga.

—Bueno —prosigue Chiara—, pues eso, que así es como se usa. Ten en cuenta que no se puede llevar a la vista ni te lo puedes poner para cagar.

Violeta regresa de sus pensamientos con una carcajada.

—No te rías, que va en serio: en el monasterio donde estuve haciendo el retiro, había unos clavos junto al retrete para dejar colgados los malas, y allí me olvidé el mío. Imagínate: el símbolo de mi vida espiritual condenado a una eternidad en las letrinas.

—Pues quédate con este. Si ya sabes que yo no lo voy a usar.

—No, no, no. Este es para ti. Para cuando llegue el momento, que a todas nos llega.

Un día —han pasado cinco años desde el aborto, la vida se ha aposentado como una nube de harina sobre la encimera—, Salma llega con el alboroto de una idea nueva en los ojos. Le da un beso enérgico y le dice:

—Te tengo que enseñar una cosa; creo que ya estás preparada.

Su determinación es una fuerza que le endurece los músculos. Parece más vieja, más sabia y más rotunda, incluso, en su forma de ocupar la distancia entre su cuerpo y el cuerpo de Violeta. La toma de la mano y tira de ella como si su brazo fuera la correa de un perro. La dirige hacia su estudio, en la habitación más amplia y luminosa de la casa, el espacio que, en otro tipo de hogares, se llamaría salón. En general, la puerta está cerrada y Violeta no tiene permitido el acceso, porque a Salma no le gusta que nadie presencie la gestación de sus obras, los titubeos iniciales y los esbozos. Dice que es como si un desconocido la espiara mientras duerme, pero Violeta no es ninguna desconocida y la ha visto dormida muchas veces. Al principio, cuando llevaban pocos meses viviendo juntas, se saltaba la prohibición de entrar en su estudio a la mínima oportunidad y sintiéndose en su derecho. Los sábados por la tarde, mientras Salma impartía clases de pintura al natural en los alrededores del Museo de Reproducciones, Violeta franqueaba el umbral de puntillas y enseguida se le aceleraba el pulso al encontrarse ante aquel desorden de bastidores, pinceles y clavos sueltos. El olor del aguarrás le recordaba al de las drogas que, durante una época, se aficionaron a comprar por internet Paul y ella: compuestos análogos a la cocaína y la anfetamina que se vendían como químicos de investigación y apestaban a disolvente. En el epicentro del estudio, cerraba los ojos e inspiraba con fuerza. Llenaba los pulmones. Aquel era el reino secreto de su reina, el territorio de la sombra. Más que espiarla mientras dormía, era como ver el contenido de sus sueños. Una familia de madre, padre y dos niños de espaldas, en mitad de una arboleda. Un coche en llamas. Las piernas abiertas de Violeta, su coño en fucsia. La mayoría de aquellos cuadros desaparecían sin dejar registro, así que se demoraba en memorizar cada detalle, imaginándose a sí misma como un repositorio biológico de arte, el almacén de la obra inconclusa y descartable de su novia.

Pero la acabó pillando por los calcetines.

—Estos pares no son míos, ¿lo ves? No son míos, pero tienen manchas de pintura.

A Violeta todavía se le encoge el estómago cuando recuerda aquella escena, la furia contenida de Salma como una frecuencia que parecía capaz de reventar cristales. No volvió a entrar en el estudio. Su aprendizaje a través del miedo es veloz. Basta un grito para que se movilice su policía interna en la prevención de un nuevo grito. Si tienen una bronca porque Violeta se ha dejado las luces encendidas, no solo dejará de encender luces, sino que su cuerpo se pondrá en alerta cada vez que Salma pronuncie la palabra «luz». Vive de puntillas. Desarticula bombas antes de que estallen y antes incluso de que lleguen a existir. Se lo pongo fácil, piensa. Apenas discutimos. Debe de quererme.

Ahora, han pasado más de seis meses desde la última vez que Salma le permitió entrar en su templo y lo primero que percibe al franquear el umbral es que el olor es distinto. En lugar de a aguarrás, siente que huele a carne, a algo muerto; es un aroma dulzón e insano que Salma le explicará más tarde que proviene de las piezas de vacuno que ha estado drenando para pintar. Antes de fijar la vista en la constelación de pequeños lienzos que decoran la pared principal del estudio, rectángulos de 15 × 15 con manchas de sangre oscurecida, Violeta se marea: los infinitos planos superpuestos que, como capas de papel de calco, componen el orden de lo real se despegan y descuadran un instante antes de volver a su sitio. Tiene que apoyarse en Salma para no perder el equilibrio, antes incluso de entender.

—Guardé las sábanas aquella noche... Son las formas exactas que dejó tu sangre, ¿lo ves?

Violeta contempla al fin la obra y asiente como desde el interior de un sueño.

—Parecen archipiélagos —dice con voz de niña.

—Es un estudio sobre la pérdida. Sobre lo malogrado.

Permanecen en silencio unos segundos que en su memoria siempre olerán a muerte. No hay imágenes mentales, tan solo una angustia sorda y corporal que estruja. Violeta se pregunta cómo es posible que Salma haya existido en este aire enfermo durante meses sin que se le haya adherido a la ropa y al pelo, sin que ella haya captado sus notas. Incapaz de relacionarse con lo que tiene enfrente, comienza a divagar sobre este detalle, sobre la posibilidad del secreto que anida entre ambas, sobre lo que sucede y no ve, porque su cabeza siempre está en algún otro sitio.

—En la muestra habrá también unas piezas de videoarte, pero todavía no están listas. Solo quería enseñarte este primer acercamiento. Que supieras que estoy trabajando en lo que nos pasó.

El plural inclusivo de esta frase se le queda rebotando entre las cejas. ¿Qué les pasó exactamente? ¿Qué le pasó a ella? No siente absolutamente nada, pero sabe que Salma comienza a impacientarse, que necesita su dosis de refuerzo, así que se distrae de cuanto tiene que ver consigo misma y pugna por fabricarse una máscara de entusiasmo. Aplaude la composición. Se interesa por los pigmentos. Señala los pelos erizados de sus brazos. No dice nada sobre el hecho de que, siendo vegetarianas, la habitación más grande de la casa huela como una carnicería.

—Supongo que para el día de la muestra no quedará ni rastro, pero sería increíble que oliera a sangre, ¿no crees?

—Será increíble de cualquier manera, porque tú eres increíble.

El abrazo de Salma la reconforta, y a partir de aquí resulta sencillo tragarse cualquier réplica y dejarse arrastrar por lo que la arrastra a ella. Al fin y al cabo, su mundo siempre será más mundo que el de Violeta, provisto de trascendencia y color, dirección, prestigio, sentido.

—Este trabajo es de las dos. Quiero que formes parte de él —le dice.

Y Violeta se lo toma tan en serio que enseguida se pone a buscarle becas de creación, ayuda a redactar los proyectos, posa desnuda frente a una cámara de vídeo empapada en sangre menstrual, descorcha cava cuando reciben el sí de una galería bien situada, diseña con Photoshop las invitaciones, se compra un vestido de fiesta, paga de su propio bolsillo el catering.

La obra se llama «Un clavo de carne se desliza entre mis muslos», y recibe el apoyo de una fundación privada que siembra la ciudad de carteles publicitarios de la exposición y que, a través de su gabinete de prensa, consigue que entrevisten a Salma en un periódico local. El titular reza: «Nuestros úteros son espacios donde se conjura la vida y la muerte», y la entradilla explica que la autora, una joven artista de ascendencia marroquí y de gran talento, entendió el origen de los miedos atávicos a la feminidad al ser testigo del aborto espontáneo que sufrió su pareja. «En la antigüedad era más peligroso parir que ir a la guerra, pero la alta mortalidad en los partos compensaba, por así decirlo, la transgresión que implica el cuerpo femenino, que es un cuerpo en el que la sangre es a veces vida y a veces muerte. Tenía sentido para la mentalidad masculina que tuviéramos que pagar un precio». Violeta se encierra con el periódico en el cuarto de baño y se esfuerza en leer del tirón la entrevista, pero su atención se atasca, no logra pasar del renglón en el que se la cita sin nombre.

La pareja de la autora. La del aborto espontáneo.

Se avergüenza, como si fuera un deje ingenuo, de la impresión que le causa verse expuesta de esta forma tan pequeña, pero lo cierto es que siente náuseas y le cuesta mover los dedos de las manos. Esto que era suyo ahora es de cualquiera. Esto en lo que tanto se había empeñado en no pensar está ahora en el café del desayuno, sobre la barra, bajo la televisión encendida, sobreponiéndose a las injurias de los tertulianos de ultraderecha en el bar de enfrente. ¿Cómo se ha atrevido Salma a hacerle esto? Su intimidad vuelta una anécdota de relleno, el lugar de partida para una serie de reflexiones teóricas que jamás habrían salido de ella, que es de quien salió la sangre.

Le vendría bien romper algo, como los botecitos de perfumes y cremas que Salma acumula en el lavabo, pero en lugar de eso abre el armario donde guardan las toallas y los albornoces, retira la ropa que cubre el segundo estante y accede a su alijo secreto de chocolate. Engulle un paquete de galletas Oreo y después vomita. Se siente mejor. Mientras limpia los restos de la taza, recibe una llamada de su madre.

—Hija, he decidido ir de visita para lo de la inauguración, que hace mucho que no celebramos nada bueno en esta familia.

Violeta se traga las flemas y el escozor de garganta para impostar esa voz aguda que solo debería emplear con los bebés y los perros. Al instante se tranquiliza, porque si es capaz de fingir ante su madre no le costará ningún esfuerzo hacer lo propio ante Salma.

Todos los años, no necesariamente en Nochevieja aunque esta vez lo sea, Violeta se para a pensar en los cambios que experimenta su vida cuando Paul no está, y el balance siempre *parece* bueno. Hay algo, una forma de existir a borbotones, sin dispositivos de seguridad ni mesura alguna, que los psiquiatras que la han atendido a lo largo de los años considerarían fruto de un trastorno de la personalidad pero que ella siempre relaciona con Paul, y lo cierto es que, cuando él no está, ese algo disminuye o se sosiega. Para empezar, su cuerpo se adormece. Se esfuma la masa invisible que nace como una presión en el pecho y se mueve subcutánea por la espalda, sembrándola de contracturas y tensiones musculares que a menudo le provocan dolores de cabeza, o que se agazapa en el útero, con pinchazos y calambres que se dejan sentir durante todas las fases del ciclo menstrual. Además, sus pensamientos reducen la marcha. Hay algo pesado que tira de ellos, que lo hace todo más lento y, para qué mentirse, más predecible y mate. Ha oído que lo llaman lucidez. Le permite anticiparse al futuro y tomar decisiones importantes al respecto. La primera vez que Paul y ella se impusieron distancia, una separación que duró varios meses, Violeta trasladó su matrícula de la facultad de Filología a la de Traducción y aprobó todo el curso sin problemas. La segunda vez, solicitó una beca de movilidad y acabó pasando un semestre en Inglaterra. No hubo un solo día durante aquella estancia en el que no se sintiera alienada y triste, el tipo de persona que se recrea en lo solitarios que están los parques en invierno, que pasea junto al río para que se le entumezcan los huesos, que parece sacada de un cuadro decimonónico donde siempre hay niebla. Pero adquirió la costumbre de anotar las palabras que se le resistían en un cuadernito, y cuando terminaban las clases y se encerraba, sin nada que hacer, en su habitación de la residencia de estudiantes, buscaba su transcripción fonética y las repetía hasta pronunciarlas con un acento británico impecable. Esa ventaja, la de hablar inglés como si no fuera española, le ha resuelto un buen número de entrevistas de trabajo. Su jefa actual, la dueña de una academia de exposición temprana a lenguas extranjeras, es decir, de inglés para bebés, le advirtió en su primer encuentro que apenas contrataban a profesores no nativos, «porque aquí las madres mandan a sus hijos a hacer oído de verdad». Lo cierto es que los mandan para desentenderse durante una hora de la crianza intensiva que ellas mismas promulgan sin sentir el martillazo culpable que las aleja de las guarderías, pero eso es algo que Violeta no debe reconocer ante nadie. Este es el primer trabajo estable que tiene, cobra catorce pagas y le permite presentarse como una adulta ante la familia de su novia, que este año no asa cordero por respeto a ella y la agasaja con paté vegano y alcachofas.

—Nosotros nunca hemos sido de comer mucha carne, ¿verdad, Salma? Ninguno comemos cerdo, claro, pero es que a mí, además, la ternera siempre me ha parecido asquerosa. Algo de pollo, de vez en cuando. Y cordero, solo en Navidad. Mucho pescado, eso sí. Es importante el pescado azul, que tiene... ¿Cómo se dice eso que tiene?

—¿Omega 3?

—¡Eso! Omega 3. ¿Tomas suplementos?

Está sentada a la mesa con quince personas desconocidas que parecen felices de estar juntas, que han venido a una fiesta, que no desearían estar en otro sitio, o al menos eso es lo que aparentan. Le sorprenden varias cosas: que casi todos beben aunque mantienen las formas; que la conversación es animada pero nadie interrumpe a nadie;

que, más que familia, parecen un grupo de amigos. Ella nunca ha tenido algo así. Más bien lo contrario: cenas solitarias con su madre, que se va a la cama sin comer y antes de medianoche porque le duele el estómago; cenas con la familia de la mujer de su padre en las que intercambian regalos antes de sentarse a la mesa y siempre llega el momento incómodo en el que descubren que no hay paquetes para ella; cenas con su padre y con su madre cuando aún vivían juntos; cenas con los hermanos y hermanas de estos, incluso, cuando aún se dirigían la palabra; las mezquindades que desentierra el alcohol de entre los sedimentos de un pasado que nunca cierra.

Cada vez que alguna de estas personas que forman parte de la vida de Salma la mira a los ojos, Violeta teme que esté accediendo a lo que se esconde tras la carne, al recuerdo de sus Navidades anteriores, y siente tanta vergüenza que tiene que bajar la mirada. Entonces, comprueba la hora en su teléfono móvil y cuenta los minutos que faltan para que acabe el año (diecisiete), los ahorros que acumula en su cuenta bancaria (tres mil doscientos), los libros que ha leído (treinta y uno, según Goodreads), los bebés ajenos que han pasado por su clase y por sus brazos (diecinueve) y, finalmente, los días que lleva sin saber de Paul. Mil novecientos veintidós días. Nunca habían aguantado tanto. Es increíble. Mil novecientos veintidós días de ir en contra de la inercia de los huesos o, lo que es lo mismo, cinco años, tres meses y siete días en los que ninguno de los dos ha tenido una mala noche, un desliz, demasiadas copas. Semejante constancia solo puede ser fruto de una determinación salvaje, o todo lo contrario. O aprieta los dientes pensando en ella cada día, o la ha olvidado por completo. No concibe una alternativa intermedia, aunque esto los psiquiatras también lo achacarían a su diagnóstico, a que su mente es un ordenador binario. El caso es que ha intentado encontrar indicios que apunten en una u otra dirección, a favor de la teoría del aferramiento o de la del olvido, pero no es una tarea sencilla. Paul la tiene bloqueada en todas sus redes y el único lugar donde se encuentran, sin que él lo sepa, es un antiguo servicio de música en *streaming* que divulga en abierto sus listas de reproducción. Todo cuanto sabe de él es la banda sonora que lo acompaña en cada momento, a veces en tiempo real. *Paul está escuchando «Breathless» de Nick Cave. Paul está escuchando «Aerials» de System of a Down. Paul está escuchando* El clave bien temperado *de Bach*. Según la progresión de temas, Violeta se lo imagina nostálgico, rabioso u optimista; en la cama con alguien, o componiendo, o intentando conciliar el sueño después de un atracón de drogas. Esto es todo lo que tiene. Una teoría melódica de quién es él sin ella. Y muchas ganas de caer, de reincidir, de aflojar la voluntad. Porque es Nochevieja y porque, si bien adora a Salma, ella nunca entenderá el regusto amargo que le dejan esos entremeses colocados en bandejas de cristal, lo insegura que le hacen sentir los jerséis idénticos como sonrisas idénticas de los padres y la pulcritud del ambiente. Paul secundaría sus ganas de salir corriendo. Saldría corriendo con ella, de hecho, y se refugiarían en el primer bar abierto para beber alcohol como quien bebe agua salada.

Pero no lo hace. No huye. El nuevo propósito de su vida es aprender a quedarse.

A las doce menos diez, recibe un mensaje prefabricado de su padre felicitándole el año. Letras sobre fondo negro, con fuegos artificiales. No sé qué de la prosperidad y los sueños cumplidos. Le responde con un emoticono sonriente y fotografía la bandeja de pasteles marroquíes para enviársela a Chiara: un fin de año con gente que llega a los postres. Recibe una instantánea de dos pares de piernas desnudas sobre una colcha con motivos hindúes. «Por aquí nos hemos saltado la cena». Piensa que el nuevo novio de su amiga debería cortarse mejor las uñas de los pies. La madre de Salma enciende el televisor para seguir las campanadas y reparte puñados de gominolas veganas en lugar de uvas. Salma le da un beso que sabe a miel en los labios y la estrecha contra sí. Diez, nueve, ocho...

—Gracias por este último año —le susurra al oído.

A Violeta se le llenan los ojos de lágrimas porque no se le ocurre un lugar mejor donde estar, pero todo su cuerpo añora algo. Siempre hay algo que no está, que no tiene, que carece de nombre salvo si dicho nombre es Paul, y, para que sea Paul, este tiene que estar lejos, fuera de su alcance.

—Feliz Año Nuevo, Violeta.

Este es el año en el que cumplirá los treinta. Qué rápido ha pasado todo para que nada haya cambiado en realidad.

Cuando Paul tenía ocho años, sus padres lo mandaron a un campamento de verano en una pequeña isla frente a la costa que da nombre a su ciudad. Lo armaron con bañadores nuevos, un saco de dormir, una riñonera que se transformaba en chubasquero, frascos de crema solar y un monedero para emergencias. Tejieron (tejió su abuela, seguramente; o quizás la chica que lo cuidaba por las tardes) etiquetas con su nombre en cada prenda de ropa y lo lanzaron al interior de un autobús repleto de niños y adolescentes. Los monitores que les asignaron no eran mucho mayores que el mayor del grupo, pero la organización parecía sensata; les regalaron camisetas de bienvenida repletas de logos gubernamentales. Paul dice recordar la mirada de satisfacción y alivio de su madre cuando el autobús comenzó a alejarse, pero a Violeta le parece que esta es una incorporación tardía, uno de esos detalles que ha ido agregando con el paso del tiempo. Como sea, Paul sintió una rabia grande hacia su madre, de la que jamás se había desprendido hasta aquel instante, y aquella emoción cristalizó en algo palpable y pastoso durante la quincena que duró el campamento.

—Siempre dice que cuando vino a recogerme ya no era su niño. Que no volví a abrazarla. Ya sabes lo exagerada que es.

Paul se refiere a aquel verano como su verano en la mili: los barracones sin ventanas en los que los hacinaban de treinta en treinta, la segregación por géneros, las revistas pornográficas que uno de los mayores hacía circular entre los más pequeños, el rumor de que ese mismo coloso con acné y botas militares había inseminado una a una las napolitanas que les daban con el desayuno.

—¡Virgen santa!

Una mañana, despertaron con los gritos de dolor de un niño al que le habían llenado el edredón de castañas pilongas. Como venganza, el grupo de los más pequeños, al que Paul pertenecía por cuestiones generacionales, contraatacó con excrementos. La política de los monitores, que estaban a lo que se está durante el primer verano independiente de la edad adulta, consistía en mirar para otro lado, pero no pudieron desentenderse de las sábanas manchadas de mierda que les tocó retirar y también ellos impusieron sus sanciones. Después de cenar, en lugar de mandarlos al barracón, los citaron en el porche para una excursión nocturna por el bosque. Les quitaron los zapatos y les entregaron mochilas cargadas con piedras. Paul recuerda el miedo al tacto, las explosiones de limacos contra las plantas de sus pies, los ruidos sin nombre que rebotaban en la oscuridad y las risas de los que se tomaban aquello como una broma, aún más terroríficos que lo que acechaba entre los árboles.

Cuando completaron la ruta que rodeaba el recinto y volvieron al punto de partida, los monitores compartían litronas y porros junto a la hoguera. Los recibieron entre ovaciones y aplausos, y los invitaron a beber con ellos.

—Y esa fue la primera vez. Mi primera borrachera. Ahora te toca a ti.

Violeta se queda pensativa y, al final, se encoge de hombros.

—No lo sé —dice, y se da cuenta de que le cuesta horrores recordar su infancia—. En mi casa había botellas por todas partes, así que pudo ser en cualquier momento. —Cuando intenta forzar la memoria, siente que hay algo sellado, una presión a la altura de su oreja izquierda que no cede, y no es capaz de resistirla, de quedarse a merodear en ella para ver hacia dónde conduce—. Juguemos con cosas que sí sepa. A «Yo nunca». Yo nunca me he masturbado en los baños del instituto.

Paul bebe.

—Yo nunca he vomitado encima de alguien con quien estuviera follando.

Violeta bebe y Paul se lleva las manos a la cabeza.

—¿Con quién te pasó eso?

—No me acuerdo de su nombre, pobrecilla. Estaba muy borracha. Fue en los baños de un bar.

—Yo nunca he llegado a casa sin ropa interior.

Beben ambos.

Beben y ríen, pero hay una especie de bruma que se ha asentado en Violeta, como una inquietud sin objeto que le hace pensar en el bosque oscuro por el que hicieron caminar a Paul de niño. Le habría gustado conocerlo entonces; atravesar juntos la noche de la mano, como Hansel y Gretel; secar las lágrimas del otro el primer día que los dejaron solos en la fila del patio, tan pequeños y asustados, a punto de entrar en la escuela; que los abandonara un mismo y único padre indolente, sin maldad, al que tan difícil es odiar como se merece. En resumidas cuentas, le habría gustado que fueran hermanos en lugar de amantes, algo que se le antoja más sencillo y verdadero, menos frágil, aunque, según la ortodoxia de su tribu, proscribe lo que viene a continuación.

Paul es un tipo ordenado y, antes que nada, arrincona la botella de vino y los vasos en una esquina de la mesa. Barre las migas con el dorso de una mano, se enjuaga con el grifo del lavadero. Lo hace todo con parsimonia, dejando que el cuerpo de Violeta comience a tensarse.

—¿Vas a fregar también el suelo?

—Shh.

Le mete dos dedos en la boca y la empuja contra la mesa. Como no opone ninguna resistencia, su cabeza rebota contra la tabla. Suelta un gemido y, de nuevo, él la hace callar.

A Violeta le gusta la transformación que opera en Paul el sexo, que la persona con la que parlotea durante horas sobre novelas y escándalos de Twitter, en un vaivén neurótico donde todo son dudas y matices, no sea la misma que se la folla con esta seguridad que bordea la crudeza.

Este Paul es un tipo tranquilo y sabe jugar con los tiempos. No cambia el ritmo al que se mueve su lengua cuando Violeta comienza a agitarse como un pez desorientado sobre la cubierta del barco. Le inmoviliza con fuerza las caderas para que tampoco ella se precipite, y lo que por fin sucede se alarga, y se alarga, y se alarga, y parece un hito deportivo. Violeta aplaude con una carcajada, pero este Paul es un tipo muy serio.

—Llévame a tu habitación.

Al final todo es un poco triste, porque él está a punto de volver a marcharse, y ella está a punto de conocer a Salma y volver a olvidarlo.

No, olvidar no es la palabra, porque si algo es cierto ahora y lo seguirá siendo en diez años es que nunca consigue olvidarlo del todo. Es una cuestión paradójica. Lo que sucede es que se distrae y dispersa. Le entran dudas. ¿Existe de verdad lo que no está presente? ¿Permanecen las aceras, las farolas y los bares cuando baja la persiana de su habitación por la noche? Las manos de Paul parecen reales. Su boca. Su lengua. Su olor, que es lo único que puede evocar cuando llevan tanto sin verse que apenas recuerda su cara. Pero ¿quién puede asegurarlo? Paul solo le pide que lo espere. Le da igual si se acuesta con otras personas, no exige que lo llame a diario, apenas que guarde la muralla. Que cuando se reincorpore al mundo de Violeta siga habiendo un hueco para él, que no hace más que entrar y salir de plano. Ahora vive en Barcelona. Dentro de seis meses hará una estancia en la Filarmónica de Londres. Luego, quién sabe.

Violeta casi no se mueve desde que terminó la carrera y, sin embargo, es incapaz de estarse quieta. Cada vez lo rechaza por algo distinto. Porque se ha echado una novia celosa. Porque pasa por una crisis de la que mejor no hablar. Porque ha empezado terapia con una psicóloga de esas que te dan consejos y opina que Paul no es una buena influencia para ella. Lo cierto es que sus reencuentros son tan legendarios que se imprimen en el cerebro con mecanismos similares a los de la adicción o el trauma. La amígdala se hincha. El metraje se ralentiza y la memoria es de amnesia y flashback inoportuno. Esto puede tener que ver con que siempre acaban borrachos o drogados, claro, pero de ahí el consejo de la psicóloga.

Todavía no han recuperado del todo el aliento cuando la idea brota y es determinante.

—Esto no va a funcionar, Paul —dice, y ya es la tercera vez en dos años.

El rostro de él permanece inmutable, y lo observa tendido sobre la almohada, mirando fijamente el techo; lo observa para memorizarlo. Son cinco, se dice, cinco los lunares que dibujan una constelación anular en su sien izquierda. Apenas conoce clichés descriptivos que aludan al color marrón, así que sus ojos son simplemente marrones. Le ha salido una cana en la barba, bajo el labio inferior; no había reparado en ella antes.

Paul se incorpora y comienza a recoger la ropa desperdigada por el suelo, pero sigue sin contestar. Violeta no soporta la tensión de los silencios prolongados. Le hacen hablar de más incluso con él, con quien siempre ha sido tan fácil no decir nada.

—¿Hasta cuándo vamos a estar así? No sé si te has dado cuenta, pero la gente de nuestra edad empieza a casarse y algunos hasta tienen ya hijos.

Paul hace una inspiración profunda que parece envasarlos al vacío.

—Tú no quieres casarte y tener hijos. No sé de qué me estás hablando.

Su voz trasluce un cansancio de muchas vidas. Es la voz más triste del mundo, o eso le parece a Violeta, que, según la escucha, se echa a llorar. Quizás, si ahora la abrazara y tuviera un poco de paciencia con su miedo, cambiaría de idea, aguantaría otro trecho, pero la voz de Paul es tan triste porque ha decidido que no habrá más intentos. Esto es todo.

Algún día tenía que pasar, porque al fin y al cabo no son hermanos. No son familia. Su vínculo siempre ha sido quebradizo.

—Tienes un ego peligroso, Violeta. Como si fueras la protagonista de la novela, y los demás, tus personajes secundarios. Pero yo soy algo más que eso. Espero que lo sepas.

A la mañana siguiente, en la laxitud de la resaca, Violeta intentará arrepentirse de esto, pero no habrá nadie al otro lado.

La galería no es demasiado grande; un antiguo almacén de telas en uno de esos barrios marginales donde cada día hay más tiendas de zumos ecológicos y restaurantes veganos. No es grande, pero está hasta los topes. Han venido todos los familiares de Salma, incluso sus dos hermanos, que viven en el extranjero y han volado exclusivamente para esto. Tampoco faltan sus amigas de la carrera, que sonríen y murmuran, sonríen y murmuran desde una esquina de la sala; ni las alumnas de su taller de pintura al natural, casi todas jubiladas y felices, ellas sí, como abuelas orgullosas de lo lista que es la niña. Entre los rostros que desconoce, Violeta intuye, por su vestimenta impecablemente medida y al tiempo casual, a un puñado de artistas jóvenes de esos a los que Salma respeta y desprecia a partes iguales. Charlan con dos periodistas culturales cuyos nombres le susurra ella al oído con una excitación casi infantil. Ninguno de los asistentes imagina que esta es la última vez en mucho tiempo que van a intercambiar oxígeno con personas con las que no conviven y en un espacio cerrado; que el escenario, diría Violeta si tuviera dotes adivinatorias, podría dar pie a una adaptación contemporánea de *La máscara de la Muerte Roja*: la fiesta en los albores de la plaga. Dentro de un par de años, cuando empiecen a narrarse lo sucedido, los asistentes se acordarán de esta muestra, que tendrá el valor de un souvenir histórico en sus biografías, aunque no recuerden ni un detalle sobre la obra en cuestión.

La única que aún no ha llegado es la madre de Violeta. Dijo que vendría, pero con ella nunca se sabe. En principio, planeaba viajar sola y quedarse a dormir en su casa, en la habitación de invitados, desde un par de días antes de la muestra, pero al final su novio anciano insistió en apuntarse y fueron postergando el vuelo hasta el mismo día de la inauguración. Después de una retahíla de quejas por lo complicado que ha resultado facturar la silla de ruedas en el aeropuerto, hace unas horas le ha escrito para decirle que acababan de registrarse en el hotel. Desde entonces puede haber pasado cualquier cosa; por ejemplo, que haya perdido la noción del tiempo. Por si acaso, mientras Salma la pasea de grupo en grupo haciendo las presentaciones pertinentes, Violeta no pierde de vista la puerta. Se ha puesto un vestido elegante y largo, de raso color mostaza; demasiado elegante para la etiqueta que, según comprueba, impera en este tipo de eventos, y se siente confundida y fuera de lugar, como alguien que delira y piensa que es el día de su boda cuando, en verdad, es el día de otra que no es ella.

—Así que tú eres Violeta. Qué guapa. Dame dos besos.

Obedece de forma mecánica y vuelve a comprobar la entrada.

—Menuda experiencia horrible tuviste que pasar. Pero qué bonito que Salma la haya transformado en algo artístico, ¿no te parece? Es que es un genio Salmita. Un genio.

Mira la hora en el teléfono móvil y, como han pasado ya cuarenta minutos desde la apertura de puertas, se despide con la excusa de ir a preparar el catering. Han guardado las bandejas de canapés y las botellas de vino en un cuartito aledaño al almacén donde los trabajadores de la galería disponen de nevera y microondas, y, antes de ponerse a descorchar botellas y retirar cubiertas de papel albal, se sienta en la encimera. Respira hondo y cierra los ojos. El ruido de la sala parece lejano y sumergido, un murmullo monocorde en el que ninguna voz destaca o se subleva. Esto es así, al menos, hasta que irrumpe el timbre inconfundible de su madre.

—¡Pero esto es increíble! ¡Aquí no hay rampa!

Violeta regresa al suelo de un brinco y corre hacia la sala. Parece que los gritos de su madre han acallado el resto de las conversaciones. La atmósfera está entrecortada, en suspenso. Cuando la localiza en el hall, su cardado rubio refulge como si estuviera bajo una luz cenital que no existe, quizás fruto de la energía concentrada de todas las miradas que se depositan sobre ella.

—Mamá, por favor, no grites.

Como si estuviera de regreso en la adolescencia, en estos momentos a Violeta le gustaría mucho ser otra persona.

—¿Quién? Si pudieras elegir a cualquier persona del mundo, ¿por quién te cambiarías?

Escucha la voz de Paul en su cabeza y se lo imagina sentado en las escaleras del instituto, con esa camiseta gastadísima de los Sex Pistols que nunca se quitaba y con un cigarrillo entre el dedo pulgar y el índice.

—Alguna de estas princesas o infantas que jamás llegarán a ser reinas. Alguien lo suficientemente rico para haber crecido entre criados y niñeras, sin apenas contacto con sus padres biológicos.

En efecto, la galería no tiene rampa de acceso para minusválidos, sino un par de escalones estrechos y altos que van a obligar a cargar a pulso la silla de ruedas del novio. Violeta deduce que, con la ayuda de un par de personas, podría hacerse sin demasiadas dificultades, pero luego habría que abrir un pasillo entre la multitud, molestando a todo el mundo y haciéndose visibles ante los invitados de Salma como si los tres constituyeran algún tipo de unidad familiar.

—¡Hija! ¿A ti te parece normal esto? ¿Cómo nos traes a un sitio así?

Violeta se deja abrazar y aprovecha la cercanía del cuerpo de su madre para empujarla hacia la calle.

—No pasa nada, mamá. Mejor esperamos fuera.

Al salir de la galería, se encuentran con el novio anciano, tranquilo en su abandono como un buen perro que espera a la puerta de un supermercado. Violeta sabe que no debería pensar cosas así, que su aversión por esta persona la conduce a un tipo de crueldad que siempre afea en los demás, pero el bochorno la vacía de sí misma. Intenta recomponerse y esboza una sonrisa amable. Le sale a medias.

—¿Cómo estás, Aurelio?

Al confrontarlo, descubre que no es que estuviera tranquilo en su silla, sino que parece haber abandonado por completo el edificio. Tiene los ojos opacados y la sonrisa blanda como aquellos relojes que pintaba Dalí.

—Mamá, ¿qué le ha pasado?

El ciclo siempre es el mismo. Después de la vergüenza llega la culpa.

Su madre le explica que Aurelio sufrió un ictus hace unas semanas, que ese fue el motivo por el que cambiaron los planes.

—Todo el mundo me recomendó que cancelara el viaje, pero ya les dije que mi hija es lo primero. Además, tenía fe en que Aurelio se recuperara a tiempo, y así ha sido. Está mucho mejor. ¡Y mejor que va a estar!

Después de la culpa llega la sospecha. Su madre es grandilocuente. Todo de palabra. No se veían desde el anterior verano y es la primera vez que la visita en su vida con Salma, pero le consta que se pasa el día al teléfono con las antiguas vecinas del barrio perorando incansablemente sobre la pasión que siente por Violeta, exagerando sus logros y extrañándola entre suspiros. Hay algo en ella que siempre le resulta forzado, no solo de actriz, sino de actriz de otros tiempos. Aunque esa voz chillona lo mismo podría esconder desdén que unas ganas irreprimibles de echarse a llorar.

—Mamá —le dice en un esfuerzo por ahuyentar su propio rechazo—, si quieres entrar a ver la exposición, me quedo yo aquí fuera con Aurelio.

—Ay, hija, a mí la exposición me da lo mismo, yo solo quería verte a ti. —Le coge una mano con brusquedad—.

¿Cómo se te ocurrió ocultarme que te habías quedado embarazada? Esas cosas se le cuentan a una madre antes que a nadie.

—¿Quién te lo ha dicho?

—¡Lo sabe todo el mundo! Tu novia lo contó en el periódico, ¿es que no te has enterado?

Violeta está descolocada. No entiende cómo se negó la posibilidad de que esto sucediera. ¿Acaso cree a su madre incapaz de abrir un periódico digital? Lo cierto es que la cree incapaz de cualquier cosa, y se equivoca. Menuda torpeza. Se apresura a disculparse e intenta improvisar alguna excusa, pero, por suerte, su madre nunca le permite encadenar demasiadas palabras seguidas. Ha venido hasta aquí para ser ella quien hable.

—Es duro perder un hijo. Aunque no lo quieras y aunque te digan que aún no es nada. Un pedacito de carne. A mí también me pasó. Cuando me embaracé de ti, me dijeron que ibais a ser dos, y luego, de repente, en la siguiente ecografía, ya solo estabas tú.

—Pero, mamá, qué dices.

—Son cosas que pasan. En esa época ni siquiera te dejaban ponerte un poco triste. No se le daba ninguna importancia.

De aquí a unas horas, a Violeta le saldrán petequias bajo los párpados, pequeños derrames circulares como después de hacer un gran esfuerzo físico. Y sabrá que el origen es este, la sangre que se agolpa ahora en su cabeza con una presión capaz de reventar un dique.

—¿Iba a tener un gemelo?

Su madre se encoge de hombros y empieza a revolver en el bolso en busca de un paquete de clínex. A Aurelio se le han formado unas legañas espesas en los lagrimales.

—Pues podrías haberlo tenido, sí. Pero las cosas son lo que son. No te obsesiones ahora con eso.

Lo limpia en dos movimientos rápidos, sin ternura pero con decisión, como lo hace todo siempre.

En el vacío gástrico que la define, en el epicentro de su no saber estar donde tiene que estar a cada momento, a Violeta le surge una forma nueva. Una presión distinta. Algo repleto de lágrimas. Una especie de compañía.

Su madre la acompaña a la estación, y en el andén, empapadas en sudor por haber cargado seis bultos desde el aparcamiento hasta las vías, se despiden para siempre. Claro que volverá a casa por Navidad, y tres meses cada verano de transición entre cursos, y hablarán por teléfono de manera regular aunque cada vez más espaciada durante lo que les reste de vida, pero la cuerda que las estrecha, ese amarre que es casi un grito, *si me abandonas me muero no sé quién soy sin ti*, vibra por última vez en el abrazo que se dan frente al control de equipajes. Violeta se aferra al pecho de su madre, asfixia la circunferencia del lugar del que proviene, y llora el último gran berrinche de su infancia.

—Ale, ale, niña, que no pasa nada.

Las palmaditas nerviosas que le asesta en la nuca, su incapacidad para calmarla, han estado ahí desde el origen de los tiempos. Una hija siempre es un bebé, algo que da miedo porque parece a punto de romperse, si bien, al final, resiste: se cae de la cama y rebota; se bebe el líquido con el que se limpia el acuario y lo vomita; ruega un pezón, un abrazo, una mirada que se le escatima, y se traga su rabia; se hace fuerte en el odio hacia aquello que más desea.

—Violeta, hija, espabila, que vas a perder el tren.

Una palmada en el culo. El gesto de compasión con el que la empuja hacia el desarraigo se parece mucho a aquel con el que la despide Paul, un par de días antes, en esa misma estación que, en la segunda quincena de septiembre, con todo ese trasiego de maletas y abrazos que se alargan más de lo debido, recuerda a los albores de una guerra. Él ya se ha despedido en casa de su propia madre, que está inmersa en una de sus crisis de cefaleas en racimo —el dolor más insufrible que existe, apunta siempre—, así que, cuando se encuentra con Violeta en la parada del metro, ha conquistado la orfandad. Parece exultante, capaz de negarlo todo.

—He estado mirando los puentes y festivos que hay hasta Navidades —dice—, y contando con ellos, si nos visitamos dos veces el uno al otro, no tenemos por qué pasar más de quince días sin vernos en todo el trimestre. Comprando los billetes con antelación, no nos saldría más que a cincuenta euros por cabeza. Y he estado probando el programa ese para hacer videollamadas y mi ordenador lo soporta sin problemas. ¿Te lo has instalado ya? Cuando nos den el calendario de clases, buscaremos un día a la semana que nos venga bien para hablar, y luego están los domingos por la tarde... Los domingos por la tarde habrá que llamar a casa, ¿no? Pues llamamos a nuestras madres y luego quedamos nosotros. Creo que lo importante es establecer rutinas claras para que no se nos pase, y con eso ya estaría.

Violeta tiene prisa por que se calle. Prisa por que se vaya. No soporta que se alarguen las cosas más allá de lo hecho y lo dicho, la espera entre la sentencia y el tajo, y tampoco le gusta esta versión frenética de Paul. No lo reconoce y redobla su miedo a lo que les aguarda; a convertirse, lejos de la mirada del otro, en personas distintas y dejar de ser gemelos. Para ahuyentar los malos augurios, se han tatuado un verso a medias; un verso que comienza en el brazo de ella y termina en el brazo de él. La narrativa de la fusión es importante. ¡Yo soy Heathcliff!, gritaba Catherine Linton. ¡Yo soy Krishna!, gritaban las pastorcitas por el bosque. Todo el mundo quiere nombrar su agujero, lo que nunca se colma, para sentir que está lleno de algo.

Paul se marcha tan feliz como triste queda ella, que sigue sin identificarse con su futuro inmediato, sin sentir la más mínima ilusión por esta etapa universitaria que está a punto de empezar.

Llega a su nueva ciudad una semana antes de que empiecen las clases y lo primero que hace es aprender a beber sola. Frente a su casa, un piso diminuto sin más ventanas que un tragaluz en el salón y muebles viejos de madera oscura, hay una tasca sucia, de las de suelo de serrín y olor a embutido, en la que se siente lo bastante invisible para pedir sin vergüenza un vaso de whisky tras otro. Junto al bar, descubre una librería de viejo. Deambula por sus pasillos cargados de ejemplares amarillentos con los ojos velados por el alcohol y elige títulos al azar: el séptimo volumen de la séptima estantería del séptimo pasillo; un autor con las iniciales de su madre; el primer libro sobre el que se pose su dedo a tientas después de recorrer diez pasos. Así, siente que las lecturas que se lleva a su nueva casa son exactamente lo que necesita en ese momento, un recetario a medida, y, con la poca fe que tiene, se encierra a leer. Caen en sus manos autores que jamás llegaron a conocerse entre sí: Javier Marías, Witold Gombrowicz, Colette, Margaret Atwood. Ve en todos ellos el peso de la tradición, la literatura como un juego de güija, como si nunca estuviéramos solas porque nos acompañan las palabras de los muertos, que se dejan saquear y transformar sin resistencia a través de la cita. Empieza a sentir que ha elegido bien, que tiene por delante cuatro años de recibir dinero, una beca de movilidad generosa, a cambio de hacer algo que hasta ahora ha sido un vicio; qué espejismo que por una vez coincida lo que se espera de ella con lo que quiere hacer ella, que no es otra cosa que esto, encerrarse en la lectura para olvidar cuanto está fuera.

Los primeros días de Paul son muy distintos a los suyos. Él se aloja en una residencia de estudiantes. Esto significa que un miércoles de madrugada, mientras Violeta subraya con furia un poema largo, pedante y romántico de T. S. Eliot, él la llama borrachísimo desde un bingo al que lo han arrastrado medio desnudo, con un disfraz de la Pocahontas de Disney, junto al resto de sus compañeros de primer año.

A Violeta le asusta que lo estén sometiendo a novatadas como las que ya sufrió en aquel campamento de verano de su infancia, pero él parece extrañamente contento. Por supuesto, el calendario de videollamadas que habían acordado enseguida se desestructura, porque su agenda social es trepidante. Hay miles de ritos de iniciación por los que tiene que pasar antes de que empiecen las clases en el Conservatorio Superior, y nada es más importante que entregarse a la novedad y el cambio. Pese a todo, quiere que Violeta sea su diario de a bordo, el lugar sobre el que vierte lo que, de tan intenso, parece evaporarse a medida que sucede. Quiere que Violeta le ayude a fijar la memoria de estos días inaugurales y hacer lo propio por ella, pero a ella sigue sin pasarle gran cosa, o considera que nada es gran cosa si no la vive con él. Ojalá estuviera a su lado para revisar juntos la la bibliografía de Literatura norteamericana I, que huele a ballenas y brujas, o llevarla de la mano a la cafetería, donde los estudiantes desayunan café con whisky pero ella no se atreve a pedir nada por miedo a verse sola en un espacio lleno de mesas compartidas.

 Su clase de la universidad no es tan distinta a lo que era su clase del instituto. Enseguida se divide el espacio entre las chicas delgadas y limpias que cogen muchos apuntes pero jamás intervienen y los chicos que han acabado ahí porque sus notas de corte no les daban para otra cosa pero se sienten dueños del espacio; bruscos, infantiles, con esa ignorancia reactiva que se esgrime con orgullo. Se quejan de que el listado de lecturas obligatorias es inmenso. Se quejan de que la poesía no se entiende. Se quejan, sobre todo, de esa corriente que rescata y reinserta a mujeres olvidadas en el plan de estudios —una monja, una colona que escribe cartas o diarios—, cuando resulta evidente que solo escribieron tonterías sobre sus bordados y sus momentos a solas con la Virgen. Dos de ellos están metidos en un sindicato estudiantil de izquierdas, y hacia mediados del trimestre la convocan, junto al resto de sus compañeros, a una asamblea en la que debatirán la posibilidad de unirse a una serie de paros y huelgas que se están celebrando en distintos campus por toda Europa. Violeta no llega a leer siquiera la octavilla en la que enumeran sus quejas. No quiere saber nada de una lucha abanderada por personas que no entienden a Juliana de Norwich. Se atrinchera en sus estudios. Memoriza versos que repite a media voz en los momentos de soledad y angustia. *Tomorrow, and tomorrow, and tomorrow* y *Never, never, never, never, never*. El soliloquio de Macbeth y el del rey Lear. Y un poema de Emily Dickinson sobre un dolor de cabeza que recuerda a una procesión funeraria dentro del cráneo. Pero no por negar la realidad deja esta de existir, así que, un día, llega a la facultad y se la encuentra rodeada de furgones policiales. Nunca ha visto tantos. Se imagina con vista de pájaro y percibe la invasión de un hormiguero oscuro, el campus tomado por fuerzas malignas. Es como si esto ya lo hubiera vivido antes, un eco de otra vida que moviliza una rabia que no poseía en esta. Y tiene dos opciones, darse la vuelta o unirse a las protestas, pero la primera implica una aquiescencia que es como una torsión imposible, un ejercicio de flexibilidad para el que su cuerpo no está capacitado.

Entra y ya no sale en varios días. Duerme junto a compañeras de la facultad de Hispánicas sobre colchones de espuma arrancados de sofás, se acomoda al espacio, que al fin es suyo. Necesitó un empujón de su madre para subirse al tren y ha necesitado un porrazo en la espalda para incorporarse a este tramo obligatorio del viaje, pero ya está dentro, y ahora a ella también le va a resultar difícil acordarse de las videollamadas con Paul y del resto de las cosas que no se han impregnado de este ciclo de sueño compartido sobre el suelo del departamento.

Los llaman gemelos evanescentes. Los que desaparecen antes de nacer. Los que te dejan sola sin dejar rastro, como hizo su hermano —Violeta ha decidido que habría sido un hermano—. Se sabe desde los años setenta, cuando empezaron a realizarse ecografías, que entre el 10 y el 15 por ciento de los embarazos empiezan como embarazos múltiples, aunque al final solo uno de cada diez llegue a ser un parto gemelar. La mayoría de los embriones desaparecen durante las primeras semanas de gestación; los reabsorben la placenta o el cuerpo de la madre. Pero hay casos extremos —casos que germinan en la imaginación de Violeta como ejemplo de lo más terrible— en los que la pérdida es tardía y el superviviente convive con el cuerpo fosilizado de su gemelo hasta su alumbramiento. Violeta busca imágenes siniestras, morbosas, espeluznantes del fenómeno. Un amasijo de carne fetal inserta, como una calcomanía, en la monstruosidad placentaria. Una momia en posición fetal. Un bebé aferrado a un cuerpo gris. Algo vivo y algo muerto. Hay gente que llega al mundo así, en pleno duelo. Gente que, antes de nacer, ya conoció la muerte. Se siente parte de ese grupo de personas a las que les falta una mitad de por vida. Siente, o está a punto de sentir, que esto lo explica todo, que nombra su tara y la remienda.

Por avatares de la historia, ahora tiene mucho tiempo libre. La academia de inglés para bebés ha cerrado por la emergencia sanitaria; no pertenece a un sector que se pueda adaptar al teletrabajo. Mientras Salma bebe una cerveza tras otra con la televisión y la radio prendidas de manera simultánea, ella se refugia en su dormitorio e investiga sobre el tema. *Su* tema. Encuentra un libro de perspectiva sistémica donde se analiza la psicología de los gemelos supervivientes. Dice que compran cosas de a dos, o que siempre dudan entre dos carreras. Que experimentan un gran vacío. Que existe en su memoria el anhelo de un paraíso perdido, algo inasible y remoto que, no obstante, el cuerpo aún recuerda y los lanza a la búsqueda infatigable de aquello que nunca obtienen. Que sienten melancolía, rabia, culpa por haber sobrevivido al hermano. Que la búsqueda del «alma gemela» es una sublimación del evanescente muerto; no cabe duda.

Salma acompaña la ingesta de cerveza con gusanitos. Los paquetes se acumulan en la esquina del sofá a decenas. Cada vez que se actualizan las cifras de muertos por covid, saca a Violeta a gritos de su lectura.

—Cinco mil setecientas cincuenta y tres.

Pero Violeta no atiende al presente. Está en otro lugar, con otros muertos a los que su novia no respeta:

—Todo lo que me cuentas es una estupidez —la increpa Salma—. Los supuestos «síntomas» de los gemelos supervivientes los comparte todo el mundo. Para que el trauma sea real, ese puñado de células que es un feto debería tener conciencia. Y eso es algo que solo piensan los chalados religiosos.

Entonces, Violeta se compra otro libro, uno sobre el desarrollo intrauterino, y otro sobre la memoria celular, y otro sobre experiencias extracorpóreas. En sus discusiones con Salma, abandera el caso de un feto de trece semanas que agarró con fuerza la aguja de la amniocentesis, defendiéndose del objeto extraño. El de un pianista que, antes de pasar la página de una partitura desconocida, ya adivinaba las notas que aguardaban, porque, como supo más tarde, su madre ensayaba esa pieza constantemente mientras estaba embarazada de él. Confronta a su novia con una retahíla de datos, y ella le devuelve otra cifra:

—Diez mil quinientas veintiséis.

El encierro las está alejando. Al principio se esforzaron por establecer nuevas rutinas. Empezaban el día juntas, desayunando con calma y haciendo deporte con vídeos de YouTube, pero aquello duró más bien poco. Ahora Salma bebe hasta muy tarde y despierta a la hora de comer, con resaca. No quiere follar. No quiere pintar. Llama tres veces al día a sus padres para comprobar que están bien y siempre están bien; ni siquiera salen al supermercado, porque los asiste una especie de brigada vecinal que han organizado los adolescentes del edificio, pero nada parece capaz de mitigar la angustia de Salma. Es como si somatizara cada nueva muerte, que no es más que un número en su televisor porque, a Dios gracias, nadie en su entorno ha sufrido aún las consecuencias del virus. Violeta piensa que no es la primera vez que su novia hace esto, arrogarse tragedias ajenas, apropiarse del dolor de los demás, y empieza a sentir cierto desprecio por su drama.

—¿Puedes apagar la radio, por favor? Estoy intentando leer.

Salma hace una mueca de sorna. Es evidente que también la juzga. Hace apenas quince días, Violeta habría reaccionado con un miedo salvaje ante este hastío con el que se tratan, pero, por algún motivo, aquí en el encierro se siente segura. Segura de que, al menos por ahora, no pueden escapar a ningún sitio. Y es una liberación dejar de ser complaciente, dejar de sostener el peso del amor, de esforzarse tanto para que no se gaste.

Mientras lo real sigue en suspenso, ella prosigue con sus lecturas. Desde la carrera, no había vuelto a leer con semejante voracidad. Su investigación sobre los gemelos evanescentes la lleva a transitar lugares y preguntas que nunca se había hecho. ¿Qué es la conciencia y cómo surge? ¿Preexiste una esencia que se encarna en el cuerpo, o es el cuerpo el que genera dicha esencia? Se mira en el espejo y analiza su estructura con un enfoque distinto. Su constitución tan delgada, sus piernas quebradizas le parecen metáfora de algo, quizás de su deseo de desaparecer y hacerse aire. Tiene una marca de nacimiento en el hombro en la que ahora cree ver la huella de una mano diminuta. Como sea, le resulta de pronto claro que todas las respuestas laten aquí, en la carne, esperando a ser descifradas.

—Estás en negación, Violeta —insiste Salma—. Tarde o temprano te va a caer como un jarro de agua fría lo que está pasando fuera.

Pero, del exterior, a ella apenas le llegan ecos. Su madre, que tiene la casa como los chorros del oro, hija, más limpia que nunca. Para ella, el encierro es el estado natural de las cosas; hace lo mismo que antes, cuidar y limpiar con la tele puesta, tachar del calendario citas médicas que se posponen hasta nuevo aviso. A Chiara el fin del mundo la ha pillado en una furgoneta camperizada y se mueve por reservas naturales donde nadie vigila que vigile sus pasos. Dice que la soledad y el bosque agudizan un sentido arácnido que permite distinguir los patrones rítmicos de la naturaleza, que hay una melodía oculta que nadie oye porque nadie escucha. También que, desde que medita a diario durante horas, la persiguen los números espejo: cada vez que mira el reloj son las 14.41 o las 13.13 o las 23.32. Lo interpreta como un mensaje tranquilizador de los ángeles: la tierra está en reposo; reposad. Por último, su padre le reenvía recomendaciones sanitarias, fotos de su otra familia haciendo masa para pan, y bulos. Está convencido de que la pandemia es fruto de una conspiración global alentada por Estados Unidos.

En mitad del ruido, un día que no es ni el primero, ni el más grave, ni el más triste de la pandemia, Violeta recibe un mensaje de Paul, que, después de cinco años de silencio, le escribe un escueto «hola».

Para llegar al convento tendrá que coger dos autobuses y un barco. De la ciudad al pueblo grande. Del pueblo grande a la aldea. De allí, hasta el islote, a través de las marismas. Luego caminará varios kilómetros por un bosque de pinos hasta llegar al edificio, de corte clasicista salvo por la iglesia original, que data de principios del siglo xv. No habrá querido ir en coche, en ese coche que tantos años tardó en comprarse y que era prácticamente un emblema de su nueva vida asimilada, porque hará el trayecto sola, sin nadie que pueda llevárselo de vuelta, y no querrá verlo desaparecer entre el musgo de las cunetas, año tras año, hasta que uno de los dos, Violeta o el Seat, se conviertan en fósil. Se lo regalará a su madre o a Chiara o a Paul. A alguien que pueda darle un uso. El coche, como tantas otras cosas, será un residuo del pasado; algo que, en su nueva vida, carecerá de sentido.

Se habrá rapado el pelo días antes de emprender la ruta y comenzará a crecerle una pelusa fina pero punzante. La acariciará con las yemas de los dedos, recorriendo el meridiano de vejiga, que nace en el rostro, en el surco entre las cuencas oculares y lo alto del tabique nasal, y atraviesa el cráneo hasta perderse en paralelo al tronco encefálico. Le interesa la acupuntura y ahora dispondrá de tiempo para dedicarse a su estudio. Solo le prohibirán los libros de ficción, que distraen la mente y la agitan, porque también las vidas inventadas, lo que nunca ha acontecido, le acontecen al cuerpo si uno se presta a imaginarlas. No le resultará difícil esa renuncia. Para entonces, será plenamente consciente, por su propia biografía, de que hay relatos capaces de alterar un destino, y ella querrá mantenerse firme en ese trazado que recorrerá con sus pies de deportivas viejas a través de la empalizada de acceso al monasterio.

—Creo que estás intentando huir de ti misma, que este no es tu camino —le habrá dicho ella por mensaje de texto desde alguna región del mundo tan lejana que sus palabras le llegarán vacías de sentido.

—Si pudiera, te desheredaba —le habrá dicho su madre rompiendo un plato junto a sus pies descalzos.

—Sin duda, este es el más sofisticado de todos los motivos que has utilizado para dejarme —habrá dicho él, pero su voz comenzará a sonarle extraña, como si proviniera de un sueño.

Al llegar al complejo, le sorprenderá que el portalón se abra solo, con sensores de movimiento, como si su expectativa hubiera sido la de adentrarse no en un tiempo al margen del tiempo, sino en el pasado al que pertenecen los ladrillos que lo componen. Franqueará el umbral para hallarse sola en un patio con el empedrado de guijarros, un ciprés en el medio y una puerta a cada lado: la de acceso a la iglesia, desbarnizada y con tachas decorativas, y otra de un conglomerado claro y brillante, junto a la que encontrará el portero automático. Antes de llamar, buscará en su bolsillo el rosario y lo apretará con fuerza, punzándose la yema de un dedo con el crucifijo, pequeño y puntiagudo, hasta que brote una gota de sangre.

—Eres tú. La nueva —dirá la mujer mayor, casi anciana, que saldrá a recibirla con toca y un chándal gastado y sucio, sin duda heredado de alguien mucho más robusto que ella.

A través de un pasillo de techos bajos y luces de supermercado que a Violeta le recordará a su colegio de primaria, la guiará hasta su celda, en un anexo de construcción reciente con vistas a un invernadero de dimensiones industriales. Las celdas con vistas al claustro central, le explicará la anciana, están reservadas a las monjas ordenadas y a las novicias, pero también las externas pueden almorzar en el refectorio, al que se accede desde las galerías, y se hartará de subir y bajar las famosas escalinatas de mármol rosa que comunican la portería con las antiguas catacumbas que utilizan de despensa.

Durante su primera incursión en el convento, los pasos de Violeta retumbarán en un silencio de voces pero no de ruidos, entre vaharadas de vapor que escapan de una olla o de una plancha, y chasquidos de viento rasgado por la azada o por la sábana que se estira en el aire. Sobre la cama de su celda encontrará una canastilla con artículos de bienvenida: unas zapatillas de estar en casa con la suela de cartón, un albornoz grueso, un misal, una biblia y unos guantes de jardinería. En la mesilla, la madre abadesa le habrá dejado una nota manuscrita con una letra estilizada y limpia: «Anuda las cuerdas a mi vida, Señor, y entonces estaré lista para partir». A Violeta le resultará familiar esta cita, pero tardará tiempo en recordar de dónde proviene.

La anciana, que se habrá presentado como maestra de novicias y receptora de temporeras y laicas, la emplazará a acudir después de nona a la oficina de la abadesa, quien le entregará los documentos pendientes de firma y su cuadro de tareas. Hasta entonces, dispondrá de un par de horas libres para hacerse a las dimensiones de su celda. Contará los pasos (cuatro) que distan de la única ventana a la puerta, y los que hacen el ancho (dos) entre la pared de la que cuelga un crucifijo y la pared de la que no cuelga más que el moho. También estimará el número de volúmenes que puede albergar la pequeña estantería de dos baldas que renquea, coja de una pata, junto a la cama de dimensiones infantiles (no más de veinte), y así se armará de números con los que estimar el alcance cuantitativo de su renuncia. Por supuesto, habrá un instante de tribulación, duda y miedo. Se dirá que aún está a tiempo de escabullirse y desandar sus pasos de vuelta al barco, a los autobuses; del pueblo pequeño al grande y de allí a su antigua casa en la ciudad, junto a él, pero enseguida recordará que en la ciudad solo quedaba asfixia, la repetición de una jornada infinita y lenta y sin promesas, trayectos en el transporte público con la visión alucinada por el cansancio y los halógenos, los del metro y los del supermercado; carne muerta en envases de plástico; el cuerpo en tensión continua, en rebeldía contra esas posturas de la cadena productiva que no están hechas para contemplar lo sublime, como las inmensas alas de un ángel, con su remache en corazón cuando están cerradas. En los últimos meses, todo habrán sido reproches: dónde estás, regresa, atiende, no me estás viendo. Y para qué negar lo evidente, para qué mentir, si su forma de amar se habrá transmutado. «Los dioses y señores de la tierra no me satisfacen».

No, no hay vuelta atrás.

Se sentará en el borde de la cama y cerrará los ojos. Al cabo de unas cuantas respiraciones profundas, estará en su verdadera casa: esa sensación efervescente en el pecho, el calor intenso que hace soltar un gemido. Ay.

—Es que, si no lo experimentas, no puedes entenderlo. Es como cuando estiras un músculo que nunca habías estirado, o cuando tienes una articulación trabada y por fin cruje, ¿sabes? Esa liberación, pero multiplicada al infinito.

—He probado la heroína, Violeta. Me puedo imaginar algo muy intenso. Pero no por probarla una vez decidí probarla a diario y volverme un puto yonqui.

Agitará la cabeza para expulsar los ecos de Paul que persisten en ella y se sumirá en la bruma hasta que suenen las campanas que llaman a nona. Durante la oración, sin embargo, Paul volverá a acosarla con el salmo 139, como un demonio de ventrílocuo que se apropia de las palabras divinas: «¿Adónde podría ir lejos de tu espíritu, adónde podría huir lejos de tu presencia?». Violeta apretará fuerte el rosario y se hará sangre en la yema de otro dedo, diciéndose que aún le quedan ocho, ocho dedos intactos para el dolor punzante que distrae a las voces.

La abadesa la recibirá con un gesto de fastidio. Ya le habrán avisado de que la apertura del convento a las laicas no cuenta con el apoyo mayoritario de las religiosas, pero son decisiones que se toman desde arriba y ante las que solo cabe asentir, por el voto de obediencia y por simple pragmatismo: porque apenas se incorporan novicias y el 80 por ciento de las monjas están en situación de dependencia; porque hacen falta manos para todo: para el huerto, para hacer las pastas, para los orinales, para las letrinas. Desde su llegada, Violeta habrá sentido que cada monja con la que se cruza la mira de arriba abajo como si estuviera tasando a un caballo, y casi ninguna parecerá satisfecha. Al fin y al cabo, cuando todo esto suceda, ya no será tan joven. A punto de cumplir los cuarenta, le restarán diez o quince años de levantar peso; veinte de agacharse a por pimientos; treinta de servicio, y entonces, otra carga.

La abadesa le entregará un papel notarial a través del cual se comprometerá a donar en vida cuanto herede. En su entrevista preliminar, habrá detallado que carece de bienes pero que su madre aún vive, como si eso supusiera un aval para su ingreso. «El Señor es mi parte de la herencia y mi copa». Firmará con pulso tembloroso, e intentará esconderlo apretando el bolígrafo con demasiada fuerza. En lugar de marcar el papel, lo arañará, abriendo un pequeño surco en el ala izquierda de la V.

—Muy bien. Eso es todo —dirá la abadesa escupiendo saliva con cada ese, y le entregará un calendario de tareas y actividades (todas predispuestas en torno a la liturgia de las horas) que, al primer vistazo, hará que le tiemblen los huesos.

—Contaba con tener horas para el estudio —se atreverá a musitar, pero lo hará tan quedo que la abadesa podrá fingir no haberla oído.

—Empiezas mañana. Procura descansar bien esta noche.

Violeta saldrá del despacho con lágrimas en los ojos porque aún seguirá sujeta al ciclo de las expectativas y las decepciones; porque traerá una idea de cómo serían las cosas, que es uno de los grandes demonios de los que habrá venido a exorcizarse.

Cuando Violeta franquee el umbral, como dándose cuenta de su agitación, la abadesa se dirigirá a ella con una voz más tierna, casi de consuelo:

—Bienvenida a casa, hija.

Y su voz, en efecto, le sonará como la de una madre.

Sigue sin entender qué hace esta mujer en su cocina, pero no es capaz de interrumpirla ni de apartar la vista de ella. Tiene el pelo largo y despeinado, como si un rayo le hubiera deshecho los rizos, y una constitución que es puro viento. Violeta no deja de pensar en Catherine Heathcliff, la heroína de *Cumbres Borrascosas* que tanto le obsesionaba cuando era niña. La imagina tal que así, recién desmontada de su caballo, indiferente a las inclemencias meteorológicas del páramo de Yorkshire. Pero no se llama Catherine, ni Cathy, sino Bea o Beatriz. Hace unos instantes, mientras exponía una teoría bastante críptica sobre el poder adivinatorio de las cartas del tarot, ha empezado a tronar y se ha abierto de golpe la ventana a sus espaldas. Inmediatamente después, ha entrado una polilla gigante, de esas que parecen mariposas abisales. La han visto dar tumbos por la estancia, chocando desesperada contra las paredes y la tulipa de la lámpara del techo, hasta que ha encontrado el hombro de Bea y se ha posado en él, al fin, a descansar.

—Me pasa a menudo. Cuando vivía en la sierra tenía un cuervo que me seguía a todas partes y también se me enganchaba aquí, justo aquí, sobre la clavícula.

No parece ser consciente de su propio personaje. No parece estar buscando la sorpresa. Cualquiera diría que ella es simplemente así y se difunde entera hacia sus oyentes, como una fuente de calor; con la misma generosidad. Violeta se pregunta si le ocurrirá esto siempre, si se trasvasará hasta quedarse sin nada con cada persona con la que se cruza; si reside en ella un voto de pobreza o si este momento es especial para ambas; algo con carácter fundacional.

—Bueno, entonces, ¿qué dicen mis cartas?

—La luna es la noche, las fuerzas inconscientes cuando estas aún dominan nuestra vida. El peligro de lo que no es visible, ¿entiendes? Lo no resuelto. Hay que alejarse de esos perros que celebran a ladridos nuestro fracaso. ¿Sabes quiénes son?

Violeta se encoge de hombros y busca la mirada de Salma, que las observa de brazos cruzados desde una esquina. Lleva así toda la noche, mostrando su desacuerdo, escenificando lo contrario a la cortesía con esta mujer a la que jamás había mencionado y que, no obstante, resulta que fue su compañera de piso durante los cuatro años de carrera. Se conocen bien. O conocen bien quiénes eran por aquel entonces. Igual por eso Salma no está cómoda.

—¿Hasta cuándo piensas quedarte? —le pregunta a bocajarro.

—No lo sé... Unos días. Hasta que encuentre algo. Es que está imposible. Creo que se ha divorciado tanta gente por culpa del confinamiento que no quedan pisos en la ciudad.

Violeta siente que ese comentario sobre las secuelas del encierro las señala. Tanto que, una vez que lo escucha, tiene que apartar la mirada de su novia.

—Pues muy bien. Yo me voy a dormir. Tus cosas están en el cuarto de invitados.

Salma se marcha sin despedirse. Cierra la puerta, dando a entender que quiere silencio, que las considera una molestia.

Es verdad que se está haciendo tarde, pero también es la primera vez en meses que reciben a alguien en casa. Aunque las restricciones comienzan a levantarse, no han visto a ninguna amiga desde que empezó la pandemia. Violeta lleva fantaseando con una fiesta, con un desahogo colectivo y catártico que no acaba de llegar, desde el primer día de encierro, pero Salma se ha hecho a él. Se ha acostumbrado tanto a que el mundo entero quepa entre estas cuatro paredes, a no necesitar nada del exterior, que ahora cualquier irrupción foránea la perturba. Eso es al menos lo que Violeta cree que ha pasado. Como sea, no es su caso. Considera un alivio la llegada de este nuevo par de piernas que merodean por la asfixia de su intimidad. Es una carga pesada ser la única persona en la vida de Salma.

Cuando se quedan a solas, Bea le cuenta que acaba de separarse, que el confinamiento la pilló viviendo en una casa que pertenecía a la familia de su ex y que este la ha echado, fulminantemente, de la noche a la mañana.

—Los caseros te conceden un mes, pero este tío ha tardado como cuarenta y ocho horas en cambiarme la cerradura.

¿Qué habrá hecho?, se pregunta Violeta con cierta culpabilidad, y al instante, sin tener que pedirlo, obtiene su respuesta.

—Me acosté con su hermana.

A Violeta se le atasca el trago de cerveza y comienza a reírse entre espumarajos.

—No te creo...

—Vivía con nosotros. Vivíamos los tres juntos, vaya. No sé. Creo que siempre confundo la intimidad con el sexo. No sé hacer lo uno sin lo otro.

Violeta asiente. A ella también le pasa. Es por eso que apenas tiene amigas; tiene exnovias y examantes, multitud de ellas, pero pocos vínculos que sobrevivan a ese momento inicial donde la atracción y el interés por la otra generan una tensión que parece tener que resolverse de un cierto modo. Cuando una mujer la deslumbra, solo sabe encauzar su admiración a través de lo sexual. Nunca había considerado esta tendencia como una tara importante hasta este momento en que la ha visto en Bea. Hay algo en ella que le hace de espejo: su gestualidad nerviosa; el discurso impaciente, voraz; un miedo profundo, de cimientos, sobre el que se construye en huida: hacia la siguiente palabra, la siguiente cerveza, el siguiente tema.

—¿También te pasó eso con Salma?, ¿os acabasteis liando cuando vivíais juntas?

Bea se ríe y niega con la cabeza.

—Salma piensa que estoy loca. No, nunca hemos tenido ese tipo de relación. ¡Aunque seguro que lo intenté en algún momento!

Sobre la mesa, aún quedan dos cartas del tarot por descifrar, porque Bea ha desvelado una por el pasado, una por el presente y una por el futuro. Violeta le pide que regresen a ellas. Desea este estallido de importancia al saberse el foco de su atención saltarina.

—La rueda de la fortuna es la rueda del karma, el samsara en el que estamos atrapadas. Mientras seguimos bajo el influjo de estos patrones inconscientes que se repiten de forma cíclica, todo es cambio incontrolable: ahora estamos arriba, ahora estamos abajo. La única forma de escapar al movimiento de la rueda sería quedarnos justo en el centro, quietecitas en el núcleo mientras a nuestro alrededor gira la noria. Pero no es eso lo que hacemos, ¿verdad? Vamos a saco con todo. Cuando estamos eufóricas, nos enamoramos de la euforia. Cuando pasa el subidón, nos morimos de nostalgia. La respuesta siempre es Dios. Hay que ponerse en manos de Dios. No hay otra.

—¿Cómo dices?

Violeta se ríe nerviosa. Le escandaliza esta aparición de lo religioso en el discurso de Bea; se sonroja, incluso, como si acabara de transgredirse un tabú. Si fuera Chiara quien estuviera hablando, se blindaría automáticamente en el cinismo, pero esta mujer desconocida le dinamita las resistencias. Violeta quiere incorporar todo lo que dice, quizás porque está luchando por ahuyentar la fantasía de incorporarse a ella de otra forma.

—¿Tienes dolores de cuello o de garganta habitualmente?

Violeta asiente, rendida al juego de magia.

—Claro, eso es porque el quinto chakra se bloquea cuando nos resistimos a la dualidad. Mira, tú crees que tomas decisiones, que eliges si quieres esto o aquello, pero todas las decisiones que se nos plantean son como... No sé, como elegir entre la guillotina o la horca. Lo mismo da. Cuando asumes eso, que no tienes el control, inmediatamente asumes que hay una autoridad mayor que guía nuestros pasos. Llámalo Dios, inteligencia suprema, cosmos, lo que sea. Esta instancia exige de nosotras que nos dejemos llevar, que reconozcamos que ella sabe lo que se hace, que no seamos orgullosas.

Violeta se queda en silencio. Intenta analizar el significado de estas palabras más allá del relumbre que adquiere todo en boca de Beatriz, pero no está lista; no le apetece exponerse a la posibilidad de que no sea más que una charlatana. Prefiere que la conversación regrese a ella, a ellas. Encauzarlo todo a través de su interés por la desconocida.

—Entonces, ¿eres creyente?
—Soy católica.

Violeta no se lo cree. Se carcajea.

—Lo digo en serio. Al principio me dio por el budismo, como a todo el mundo. Luego me interesó el sufismo, y un poco esta cosa esotérica de la cábala judía, y al final me acabé dando cuenta de que todos los caminos conducen al mismo lugar y de que no estoy muy a favor de hacer turismo.

—¿Pero vas a la iglesia y eso?
—A veces. Si quieres, un día podemos ir juntas.

Aunque el contexto lingüístico resulte un tanto atípico, a Violeta le parece captar un tono insinuante en la invitación de Bea. Se siente halagada, casi lista para encaramarse a la fantasía, que es algo que en su vida con Salma parece haberse esfumado. Desde que las encerraron en casa, apenas han vuelto a follar. El deseo es un motor y de poco sirve cuando todo está quieto. Además, tiende a quedar sepultado por la urgencia de lo asible, como el precio de las cosas —los pinceles y el lino, cada vez más caros; la cuota de autónomos que hay que seguir pagando incluso cuando no hay encargos que atender— o la mampara de la ducha, que alguna de las dos dijo hace tiempo que se encargaría de limpiar pero sigue negra..., colonia de bacterias y hongos que, en alguna pesadilla de Violeta, se desparraman por la casa, llegan a la habitación, trepan por la cama y las asfixian.

No, no hay sitio para el deseo porque lo único que parece sólido últimamente, a prueba de hecatombes, es el cuerpo de la otra, con su temperatura estable cada noche en el mismo hueco de la cama, y solo se desea lo que tiene piernas para salir corriendo, como esta desconocida que acaba de llegar y que pronto se habrá marchado. Violeta contempla sus manos estrechas y alargadas, o la tira de piel que asoma entre la cinturilla del pantalón y la camiseta, o las gotitas de sudor que se le están formando en el escote porque la primavera es asfixiante, y sus ventanas, muy pequeñas; y siente un cosquilleo por todo el tronco, como si hubiera vivido con un miembro dormido que comienza a recuperar el riego. Es agradable recordar que esto existe, que sus mecanismos siguen funcionando como deben. Pero, al mismo tiempo, algo de la conversación ha calado en ella y se dice, o se promete, que esta vez actuará de otra forma. Que soportará la tensión del deseo hasta dejar que se agote por sí mismo, y entonces, quizás, consiga tener una amiga.

Abre los ojos temprano, demasiado pronto para lo tarde que se acostaron y lo mucho que bebieron, pero se siente incapaz de volver a cerrarlos, incapaz de quedarse quieta junto al cuerpo de Nai, escuchando ese silbido breve que escapa entre sus labios como el ronquido de un cachorro, sin perturbarlo. Igual tiene miedo de descubrir que lo que sucedió hace unas horas fue un episodio enajenado, una burbuja que las contuvo y que luego explotó y las dejó embadurnadas en residuos que ya están secos. Debería ducharse, pero le parece un sacrilegio desprenderse de ella con agua del grifo, así que decide irse al mar. Recoge su ropa a tientas y se viste en el umbral sin hacer ruido. Sale a hurtadillas, como si escapara de un robo, y en cuanto pisa la calle echa a correr avenida abajo hacia la playa. Corre con sus zuecos de tacón, a trompicones, entre las furgonetas de reparto y los camareros que comienzan a preparar las mesas de las terrazas. Corre para extenuarse de una energía pulsante que no ha dejado de bombear su zona sacra desde la noche anterior, cuando ella dijo «es que siento que me cuesta verte solo como a una amiga» y Violeta le rebatió ese «solo», «solo amiga», porque no hay nada más importante que algo tan supuestamente humilde como una amiga, pero lo cierto es que su diatriba era fruto de la excitación y el miedo, una forma de postergar lo que vendría a continuación, que llevaba ya semanas siendo inevitable. Nai, su vecina en este pueblo costero en el que veranea con su padre, se ha enamorado de ella, y ella no está enamorada de Nai, pero sí de la libertad de haber hecho con ella lo que han hecho. Es su primera vez y tiene ganas de gritar y de hablar con mucha gente, aunque al final solo se lo contará a Paul, y dentro de un par de semanas, cuando finalice el interludio veraniego y se reencuentren en clase.

Mamá, tengo las papilas gustativas hinchadas, como garrapatas rojas, de tanto lamer.

Usted, señor que lee el periódico con un café frente a la playa y ha venido hasta aquí a empaparse de salitre, ¿quiere olerla bajo mis uñas?

¿Cómo es posible, Chiara, que te gusten los hombres con esa piel que tienen como de papel de estraza?

Violeta supo desde muy temprano que su deseo apuntaba en la dirección que no existía en sus lecturas predilectas. Aún estaba en el colegio cuando vivió su primera tragedia amorosa, que fue a su vez un episodio de *bullying*. Había una niña de un curso superior que se llamaba Suzette y era perfecta como una princesa Disney. Comenzó a pensar en ella, a invocarla como referente de los sofocos que le subían por el pecho y que su madre asociaba a las hormonas.

—Estamos igual; yo con la menopausia y tú con la edad del pavo. Las dos sudando todo el día.

Suzette fue el primer nombre que adoptó su tristeza por todo y por nada, la sensación de carecer de un órgano cuya ausencia se desplaza por el cuerpo, el anhelo de Dios. Pero sus gustos aquí no distaban mucho de los de la mayoría masculina; a la hora del comedor, los niños se agolpaban a la entrada de la garita de materiales en la que se refugiaban la diosa y su séquito, y esperaban turno para entregarle obsequios y notitas. Hasta Paul cayó en el hechizo colectivo y le regaló una pulsera hecha a mano. Violeta quiso contribuir al agasajo y empezó a escribirle cartas anónimas con pluma estilográfica y sellos de lacre. Por aquel entonces ya había leído *Cumbres Borrascosas*, varias novelas de Jane Austen y casi todos los folletines traducidos de Wilkie Collins, por lo que impostaba un registro amoroso de retruécano, exclamación y verbo en desuso. Por malas que fueran, aquellas cartas no parecían escritas por un niño, y cuando llegaron a manos de algún profesor entrometido desataron el fantasma de la pedofilia. Claro, una cosa era que cientos de menores de doce años obligaran a Suzette a refugiarse en un cuartucho atestado de colchonetas durante las horas de patio, y otra muy distinta que algún profesor o padre fantaseara con encerrarse allí con ella. Había que investigarlo.

El director fue de clase en clase mostrando las cartas requisadas y preguntando si alguien conocía al autor. Cuando llegó su turno, la compañera de pupitre de Violeta identificó su caligrafía y la tinta lila con purpurina de un bolígrafo que había estrenado hacía poco.

—Violeta, ¿es eso cierto? ¿Me puedes jurar que has sido tú?

Violeta rompió a llorar mientras el director respiraba con alivio.

—Vete si quieres a hablar con la orientadora, anda.

A Violeta le gustan las tetas. Hubo niñas que no volvieron a dirigirle la palabra. Otras, entre ellas Chiara, que todavía se sonroja y disculpa por ello —pero es que hay que ver cómo nos educaban nuestros padres, qué ideas nos metían en los putos años noventa—, escribieron una carta a la sección de preguntas de las lectoras de una revista para niñas.

> Nos hemos enterado de que a una de nuestro grupo le gustan las chicas y no sabemos muy bien cómo ayudarla ni si tenemos que seguir siendo amigas suyas porque a nosotras las demás nos gustan los chicos y no queremos que se piense que también somos como ella por ejemplo si vamos juntas a los vestuarios o al cine. Qué hacer. Gracias.

Tardaron dos números en contestar, pero, al final, llegó la respuesta de la editora, cargada de términos abstractos como «comprensión», «confusión» y «apoyo». La idea de la confusión, por supuesto, fue clave. Aquello era un equívoco infantil, como cuando se obsesionó con que la acechaba un ojo de fuego por las noches, una encarnación terrorífica de la potencia divina, ¿o paterna?, que le infundía un miedo paradójico: cada vez que se manifestaba, sentía una activación sexual inagotable que la obligaba a masturbarse hasta que se quedaba dormida de puro cansancio. Resultó ser el reflejo del letrero luminoso de un club de striptease, o eso acordaron entre sus padres y ella. La luz no volvió a inquietarla, pero la masturbación compulsiva, esa excitación dañina como un picor que, por más que rasque, no se apaga, todavía se le presenta como síntoma en mitad de sus crisis emocionales.

—¿Está bien así? ¿Te gusta así? ¿Y así?

Se ha pasado la noche pidiendo pistas y piensa que es por inexperiencia, pero acabará comprobando que nunca cambia. Son los hombres los que no preguntan, y eso que follan desde la otredad. Con Nai ha tenido una sensación ligeramente narcisista porque sus cuerpos se parecen, su olor se confunde y, sin embargo, no podía anticipar sus respuestas. Le gusta esa duda, ese andar de puntillas. Lo piensa mientras se zambulle en el agua con los ojos cerrados y le vienen flashes de lo que han hecho, esa cosa prohibidísima que a su madre sin duda le daría asco aunque diga que ella es moderna y que lo único que pide es que le ahorre los detalles.

Son las fiestas del pueblo y el puerto está lleno de coronas de flores. Se amontonan junto a las redes de pesca, a la espera de morir ahogadas en un homenaje anual por los pescadores que pierden la vida faenando. Como no hay nadie que vigile la ofrenda, Violeta se acerca a una de las coronas, se agacha como para recolocarse las sandalias y roba una rosa blanca de tallo muy largo. A lo lejos, suenan las campanas de la iglesia. Por algún motivo, se siente impregnada de una pureza extraña.

Las despierta el sonido de los pájaros, que, como todo el mundo repite con aire histriónico y desesperado, jamás había sonado tan fuerte en la ciudad. Los animales se han hecho con el espacio público y con la primavera. El año anterior, con motivo de aquel 8M gigantesco e histórico según la prensa, les sucedió lo mismo a las mujeres, y, como mujeres que son, saben que estas anomalías duran poco, así que escuchan con ternura el estallido de jungla en su barriada, pensando «que disfruten mientras puedan». Tienden sus esterillas de yoga frente a la ventana más grande de la casa para ver cómo acontece el despertar de una calle sin apenas gente ni sombrillas ni automóviles. Las piernas de Bea se extienden y repliegan en un baile que Violeta solo es capaz de imitar con movimientos entrecortados y torpes. Hay tan poco espacio que a veces chocan y tropiezan y ríen. De pronto, la pandemia es una fiesta, la fantasía arraigada en Violeta de vivir en un hogar donde, además de una madre, haya también una hermana; su reconquista del número tres.

Salma aún no ha despertado, y cuando lo haga las encontrará en silencio, sentadas frente a ese mismo ventanal, atentas a la voz de un lama con acento extranjero que las insta a reposar la mente en el cuerpo, a recorrerlo de pies a cabeza. Violeta nunca había meditado ni tiene demasiada fe en el proceso, pero sigue las rutinas de Bea como una discípula obediente. Cuando terminan los ritos, preparan un desayuno copioso para las tres, de pan tostado, aguacates, avena con arándanos e incluso huevos, porque Bea las ha persuadido de que las gallinas de pastoreo no atentan contra su ideario animalista y ahora su dieta es otra. Salma enciende el televisor y ellas dos se retiran a leer, al principio cada una en su cuarto, para acabar echadas en la cama grande, compartiendo citas de sus respectivos libros y enfangándose, al final, en la lectura conjunta de lo que tienen entre manos.

De pronto, a Bea se le ocurre una idea. Se levanta de un salto y empieza a rebuscar entre las baldas de la estantería del dormitorio.

—¿Es posible que no haya una biblia en esta casa?

Salma, con esa voz de padre cansado con la que se dirige estos días a ellas, le grita desde la cocina que busque en el cajón de la mesilla.

—Hay una que robé en un hostal hace años.

Bea obedece y regresa a la cama con un ejemplar de bolsillo resobado.

—No puede ser que te guste la poesía y no hayas leído el Cantar de los Cantares.

—Ay, tía, por favor, déjame en paz.

Forcejean como niñas que no saben con qué excusa tocarse en los asientos del autobús escolar y al fin, como en todo, Violeta cede.

Me levantaré, recorreré la ciudad;
por las calles y las plazas buscaré al amor de mi vida.
Lo busqué, pero no lo encontré.

Bea y Violeta no se ponen de acuerdo sobre la mística romántica, sobre si lo carnal es metáfora de lo divino o si es más bien que el amor, en cualquiera de sus formas, es sinónimo de Dios; si sublimamos el anhelo de lo sagrado a través del sexo, o si el sexo es sencillamente sagrado.

—Salma, nena, ¿tú qué opinas?

Al quinto día de convivencia trinitaria, Salma se encierra definitivamente en su estudio. No saben si pinta o lee o si se tumba en el suelo con los brazos abiertos a meditar sobre el fin de nuestra especie, pero tampoco la importunan para averiguarlo. Ahora hay una libertad distinta para seguir hablando del amor y de su búsqueda, siquiera en voz baja, como si mamá estuviera otra vez enferma, en una de sus crisis depresivas, y hubiera que dejarla descansar.

—Yo creo que no es por Dios. Creo que busco y busco sin que nada me satisfaga nunca del todo porque perdí un hermano antes de nacer.

Es la primera vez que lo dice en voz alta. Bea se queda pensativa.

—Hermano. Has dicho «hermano». Qué curioso. Quiero decir que, si asocias esa búsqueda del amor romántico con la búsqueda del gemelo evanescente y eres lesbiana, sería más lógico que fuera una hermana, ¿no?

Violeta se pone rojísima y empieza a temblar. Es como un arañazo en la máscara, como si acabaran de destaparle una gran mentira. No sabe cómo hablar de Paul, porque en esta casa ese nombre está prohibido y sus mecanismos de control internos le asestan descargas eléctricas para que se censure.

—Ya sabes, el masculino genérico —responde con una sonrisa, pero Bea no sonríe.

Sin duda es difícil engañarla. Tiene un don para intuir lo que no se dice, para vislumbrar el recorrido completo de las ondas, el on y el off y lo que hay entremedias. Y, cuando intuye un enigma, no lo suelta.

—Pero a ver, sí que te has acostado alguna vez con hombres.

Violeta resopla.

—Bueno, algunos ha habido.

No es la primera vez que le hacen esta pregunta, pero es posible que sea la respuesta más sincera que haya dado. Al menos, en su ambigüedad caben los plurales, cuando hasta ahora siempre había dicho que Paul era el único. Paul, que como es marica ni siquiera cuenta como hombre, ¿o sí? Lo ha repetido tantas veces que la versión oficial está a punto de suplantar a la histórica. Ya casi ni se acuerda de los nombres propios. Joan, Luis, Iker, esos sí, pero ¿cómo se llamaba aquel que estaba casado y la citaba en el hotel del aeropuerto? Violeta tenía que coger dos autobuses para llegar hasta allí y ni siquiera la invitaba a cenar. Subían a la habitación, le daba exactamente dos besos ásperos, dos, y la mandaba desnudarse. ¿Por qué no besaba aquel hombre? Se le hace muy extraño, ahora que lo piensa. Parecían avergonzarle los gestos que evocaban cualquier clase de ternura, e incluso podría decirse que evitaba el contacto físico en la medida de lo posible. Siempre la ponía a cuatro patas, o de espaldas contra la pared, o abierta de piernas justo en el borde de la cama, quedando él fuera del colchón, de pie frente a (contra) ella. Por supuesto, follaba mal, como quien ejecuta un comando iterativo, y Violeta jamás se corría, pero abandonaba aquella habitación de hotel como si acabara de sobrevivir a un terremoto. En todos sus encuentros con hombres latía esa adrenalina del peligro, de saberse expuesta a algo que podía acabar muy mal y salir, sin embargo, ilesa. Era lo que buscaba en aquella época en la que le dio por consumar ese tipo de encuentros, siempre esporádicos o indemnes a lo romántico, con tipos a los que conocía en contextos alejados de su vida universitaria: sus visitas al pueblo; las campañas de Navidad de El Corte Inglés mientras envolvía paquetes para regalo durante un par de semanas al año; los viajes de seis horas en autobús para visitar a su madre. Lugares de paso. Esa clase de secretos que se supone que todo el mundo guarda y que piensa seguir guardándose para sí sola.

—No entiendo lo difícil que os resulta a algunas identificaros como bisexuales, la verdad.

Violeta no quiere tener esta discusión con Bea. Ni esta ni ninguna, en realidad, porque siguen prácticamente encerradas y hay que medir muy bien cada paso que dan cuando todo lo que se pisa es compartido. Respira profundo y reprime la reacción que ya tenía elaborada, «quién narices te has creído que eres para decirme la etiqueta que tengo que ponerme». Vuelve a respirar y casi se ríe de su mal carácter. Igual esto de meditar sí que funciona, después de todo.

Se sientan a ver una película sobre adolescentes británicas en una zona de veraneo; una película de terror sobre el rito de paso al que se someten las chicas heterosexuales; lo que se rompe con el himen. La protagonista vuelve a casa después de una noche de fiesta en la que uno de sus amigos la ha violado mientras estaba inconsciente. Lleva un colgante con la palabra *Angel* en el cuello y Bea recuerda que, en su primera aparición, Dios le dijo a santa Teresa: «Ya no quiero que tengas conversación con hombres, sino con ángeles». Violeta piensa en su secreto más inconfesable, en ese chat de WhatsApp que, desde hace un par de meses, crece como el polvo, acumulando partículas de materia muerta y vaguedades sobre todo y nada, a salvo como una cuestión de Estado bajo contraseña y huella dactilar en su teléfono móvil. Sus intercambios con Paul son tan ingenuos, tan de cháchara de ascensor entre dos antiguos conocidos, que solo su exceso de celo la delata. Se encierra en el cuarto de baño para decirle que hoy han salido a correr por el parque; que se ha comprado una mascarilla transparente; que han colocado unos cuencos de agua en la terraza para dar de beber a los pájaros. También, de vez en cuando, echa el pestillo para masturbarse. En sus fantasías, conversa con él y se toca con Bea. O le cuenta a Bea ese sueño en el que follaba con él en un tren que parecía deportar prisioneros de guerra. ¿Cómo se interpreta eso?

—Es obvio que los prisioneros simbolizan tu culpa, los cadáveres sobre los que intuyes que se asienta tu deseo. Es verdad que es bastante obvio.

Como sea, la culpa y la privación son el combustible que aviva sus terminaciones nerviosas. Hay algo voluptuoso en su autocontrol, y algo avaro, como si se recreara en contar las monedas de un botín que nunca gasta. Igual esta es su manera de empezar a hablar con los ángeles. La renuncia le hincha el pecho. Esa es la paradoja de un vacío que llena. Pero no todo el mundo ha nacido para la ascesis. Una mañana, en el lugar del marcapáginas de su libro, encuentra un poema de Anne Sexton que Bea ha copiado de su puño y letra. Hay dos mujeres en una cama. Llueve de fondo. Es bastante explícito. A Violeta, que le gustaría contener la respiración y que nada se moviese, la zarandean las paredes de la casa, que se yergue en su imaginación como una mujer inmensa con seis piernas.

—¿Cuántos dedos tengo?
—Veinte. Diez en las manos y diez en los pies.
Violeta no la creyó. Se quitó los calcetines y empezó a contárselos ella misma. La desatención que la caracterizaba la llevó a concluir que eran diecinueve.

Su madre le ha repetido esta historia —que podría ser inventada como todas nuestras historias precoces, las cuales no nos pertenecen a nosotras sino a ellas, a las madres; la construcción autobiográfica implica un acto de fe— en infinidad de ocasiones, como si explicara algo importante sobre quién es Violeta en lo más secreto, algo sobre su desconfianza intrínseca o sus problemas para acatar la autoridad, un problema recurrente estos días, de nuevo según su madre. Lo cierto es que tiene veinte dedos, eso es indiscutible, y a partir de hoy, además, quince años. Tres cuartos de dedos sobre esta tierra y las mismas reticencias hacia el poder materno que cuando tuvo lugar la anécdota dichosa, en ese tramo incipiente del lenguaje.

—¿A qué hora prometiste que ibas a llegar?
—A las diez en punto.
—¿Y a qué hora llegaste?
—A la una.
—Pues haz los cálculos: un fin de semana de castigo por cada hora.

No ha habido regalos, ni tarta, ni un desayuno copioso con el que dar las gracias por los alimentos y la vida regalada. Su madre ve un documental sobre avispas en el salón y ella se sorbe los mocos en su cuarto, con un pijama de franela lleno de bolas y unas pantuflas tristes de ama de casa triste; el mismo atuendo que su madre, pero en otra talla, claro. La diferencia entre sus cuerpos es algo que siempre está presente, un comentario ineludible.

—Tu tipo de delgadez no es atractivo.

¿En serio, mamá? ¿Ni siquiera en los dosmiles, con todo el culto a la anorexia? Por suerte, jamás la cree, o no de forma consciente. Prefiere seguir contándose ella misma los dedos de las manos y los pies.

Para amenizar sus quince años sin fiesta, escucha la música más triste que conoce: el *Concierto para piano n.º 2* de Rajmáninov. Es algo así como un ideal de superación personal para Paul, y a ella le recuerda a una canción autocompasiva de Céline Dion que salía en la adaptación cinematográfica de *El diario de Bridget Jones*. Él le grabó un DVD con la interpretación en directo de una pianista rusa guapísima, con vestido palabra de honor color champán, que acomete las teclas con una fiereza que le sacude el busto. Esas oscilaciones enérgicas, al ritmo de los acordes, sobre la piel de su escote la insuflan de fuerzas para lidiar con esto, el cumpleaños más triste de su historia. Al menos hasta que suena el timbre.

—Violeta, es Paul. Dile que estás castigada.

—¡Díselo tú! ¡No me jodas!

Pero su madre presiona el botón del telefonillo y le permite acceder al portal, para que se lo comunique ella en persona, para regodearse en la humillación que le ha impuesto. A Violeta le da vergüenza que Paul la vea así, con su atuendo de derrota, y decide que no va a abrirle. Acerca la oreja a la puerta y deja que los sonidos del ascensor y la tramoya le anticipen su llegada. Lo observa a través de la mirilla. Viene cargado con bolsas de bebida y patatas fritas. En lugar de llamar al timbre, percute un vals con los nudillos.

—Soy yo.

Violeta no dice nada y él carraspea.

—¿Feliz cumpleaños?

El tono interrogante, la duda irónica le recuerdan que su comunicación es casi siempre telepática. Paul ya sabe, así que no tiene sentido redecirse. Pese a todo, él percute de nuevo.

—*Will you let me in?*

Este guiño a las películas de vampiros probablemente provenga de la película que vieron hace poco sobre un adolescente que sufre acoso escolar y se enamora de una vampira también adolescente. Era una historia de amor extraña, entre personajes que han abandonado la infancia para descubrir que el mundo es abrumador y violento, y no saben qué lugar ostentar en él.

—No, no puedes entrar. Lo siento. Estoy castigada.

—Pero supongo que podría quedarme aquí en el descansillo a beberme el *kalimotxo* que he traído, ¿no?

—Tú mismo. Si no te pillan los vecinos...

—Tampoco quiero darte envidia.

—No, hombre. Brinda por mí. Que es mi puto día.

Violeta adivina que se ha sentado en el felpudo porque ha dejado de verlo a través de la mirilla, así que imita su gesto. Se recuesta contra la puerta e imagina que sus espaldas se acoplan. Ya no está sola.

—Quince años, amiga. ¿Te das cuenta de que hace un par de siglos estarías bailando un vals y buscando marido?

—¿Quieres que me alegre de estar como estoy?

—Solo digo que podría ser peor.

Desde el salón, en el extremo opuesto de la casa, su madre le pregunta a gritos si se ha despedido ya de Paul y ella miente también a gritos. Piensa que su vida sería mejor si su madre no existiera o si se buscara, al menos, otro novio que la obnubilara a jornada completa como ya ha sucedido otras veces. Los novios entran y salen periódicamente de la vida de su madre, implantando interludios de abandono y privilegios temporales para Violeta. Hay meses en los que se le impone ser adulta, un manojo de llaves completo, comida de microondas y nadie que controle sus entradas y salidas, y meses en los que vuelve a ser reclusa, súbdita de las normas y de una preocupación compensatoria que necesita afirmarse a través de la restricción y el castigo. Su cumpleaños ha coincidido con uno de esos interludios autoritarios. Mala suerte para ella y también mala sangre, una furia que le asciende en oleadas, que enajena y le desata una lengua de monstruo, una fuerza capaz de hacer jirones las paredes de la casa, y luego, culpa. Se sabe mala. Si Paul adivinara lo que es capaz de llegar a pensar, no estaría tanteando su puerta. ¿O quizás sí? ¿Son ambos el tipo de persona que dejaría entrar al vampiro? Se lo pregunta:

—Si supieras que me he comido a decenas de hombres, que arrastro cadáveres a mis espaldas y que, sin duda, volveré a asesinar, ¿te atreverías a abrirme la puerta?

Paul se lo piensa.

—Damos por hecho que no existe la sangre sintética, ¿no? Ninguna manera de que te alimentes de otro modo.

—Eso es.

—Bueno, pues es que entonces no tendrías la culpa. Harías lo que hacen los humanos con el ganado. Y ni siquiera, porque los humanos podrían ser vegetarianos y, aun así, matan.

—Entonces, ¿me dejarías entrar?

—Siempre. ¿No ves que soy yo el que está tirado en el descansillo?

Violeta se ríe y su madre vuelve a interceder a gritos, preguntando si está bien.

No es solo la furia la que se presenta en oleadas. A veces, también la posee una audacia suicida, el cuajo para hacer algo cuyas consecuencias serán nefastas sin que el miedo a dichas consecuencias le agarrote los músculos y su potencial de acción.

—Dame cinco minutos. Y vete avisando a Chiara.

Corretea de puntillas hasta su cuarto y manipula el armario con cuidado, evitando que los goznes hagan ruido. Se quita el pijama y se viste con un jersey de punto largo, sin perder tiempo en buscar las medias. Como el zapatero está junto a la entrada del salón, tampoco se calza. Escapa de casa con las pantuflas rosas, que mitigan el sonido de sus pasos pero son tan ridículas que propician las carcajadas de Paul. Estas, junto al sonido de la puerta al cerrarse, alertarán a su madre, que saltará del sofá y correrá hasta el umbral y comenzará a llamarla a gritos desde la alfombrilla, alertando a la vecina, que saldrá presta al drama, qué pasa, mujer, qué pasa, y, mientras la madre de Violeta le vuelque sus miserias, esto es imposible, no sé qué hacer con ella, mientras comience a llorar un llanto de agua de mentiras, Paul y ella estarán ya encaramados al primer autobús que se haya detenido frente a su parada, sin saber el destino al que se dirigen, pero seguros de haber elegido bien sus lealtades.

Como les recuerda persistentemente Salma, la gente sigue muriendo ahí fuera mientras ellas dos se dedican a hablar sin pausa sobre lo humano y lo divino. Hablan durante todo el día, mientras cocinan, mientras friegan los suelos, mientras se comunican por WhatsApp con gente del exterior, tendidas en la cama como vegetación indolente. Es posible que ni siquiera se escuchen la una a la otra. Su ansiedad lanza opiniones contra el techo del cosmos, para que aquello que suena hermoso y justo y cierto se haga carne a través del conjuro del verbo; para creérselo de verdad, vaya. Dicen:

—El mensaje de Cristo es que Dios es amor, pero los hombres lo malogran y lo vuelven un objeto de mercado. A través del pecado original, el amor se pervierte en moneda de cambio, algo que se pierde y se gana, que no es un derecho inalienable de toda criatura viva por el mero hecho de ser obra del Señor.

—Lo importante es desjerarquizar las relaciones, y no solo las románticas. Siempre me he peleado con esta idea de que la familia esté por encima de cualquier cosa. Yo quiero poder amarte a ti, aunque no follemos, al mismo nivel que a mi novia, pero también que a mi amiga Chiara, a quien le debo lealtad como, en principio, se la debo a mi madre.

—El problema es que no existe sexo sin apego, porque se libera oxitocina, y tampoco hay forma de ver al otro por lo que realmente es cuando nos enamoramos. En una relación, el otro siempre es un reflejo del propio inconsciente, un vehículo a través del cual el inconsciente se hace visible.

El amor mundano instrumentaliza. Solo nos queda el amor a Dios.

—Me pregunto si, de haber tenido un hermano, sentiría menos esta necesidad de estar siempre en pareja.

—Me pregunto si existe un amor entre humanas que se asemeje al amor de Dios.

De pronto, en alguno de los tramos tardíos de esta conversación que se extiende a través de las cuatro fases de la luna, Violeta repara en que la mano de Bea está posada sobre su ingle.

—El tao da nacimiento al uno. El uno da nacimiento al dos. El dos da nacimiento al tres. El tres da nacimiento a todo.

Violeta no entiende qué significa esta cita, pero está bastante segura de que no fue escrita como invitación al *ménage à trois*. Retira suavemente la mano de Bea de su pierna y le da un beso en el dorso. Ella se endereza sobre la cama.

—¿Sabes qué me gustaría hacerte?

Violeta no quiere oírlo, pero tampoco es capaz de moverse y evitar que le vierta su fantasía al oído como un veneno shakespeariano.

—Quiero ofrecerte mi mano y que la uses como si fuera un mapa. Imitar con mi lengua los movimientos que dicte la tuya. Que sientas que te estás follando a ti misma.

Contra su voluntad, Violeta exhala un suspiro y lo camufla con una carcajada nerviosa. Salta de la cama y huye hacia la cocina. Por la mitad del pasillo, se vuelve hacia Bea y le hace un gesto para que la siga. Ha tenido una ocurrencia. Comienza a allanar los cajones en busca de un cuchillo, un bote de alcohol etílico y un mechero. En realidad, sospecha que sería mejor un cúter y se cuela en el estudio de Salma para pedirle que le preste alguno que no esté manchado de pintura.

—¿Se puede saber qué hacéis ahora?

Ya lidiará en otro momento con la mirada de angustia que le dirige su novia, con ese desamparo transparente que le hace pensar en muebles que cogen polvo en cualquier desván. El cuadro que está pintando es oscuro y evidente como un agujero negro devorando las últimas ascuas de una supernova. Una parte poco prestigiosa de sí misma piensa que se lo merece, que está bien que, por una vez, sea ella la que ostente algo de poder sobre Salma, la que juegue con ventaja. La despide con un beso rápido y vuelve, cúter en mano, a la cocina. Bea aguarda expectante. Se ha recolocado el escote en uve para que la tela deje al descubierto sus clavículas. Aunque apenas salen a la calle un par de horas al día, parece borracha de sol. Violeta le sirve un vaso generoso de vino tinto mientras desinfecta el filo de la cuchilla. Después, anuncia:

—Vamos a hacer un pacto de sangre.

El gesto de Bea se tuerce. Violeta no sabe si por decepción, desconcierto o ambas cosas. Aunque está entrenada para intuir y encarnar los deseos del otro, esta vez se siente firme en su capricho; vuelve a ser una niña que juega junto a su mejor amiga en las escaleras de la iglesia del pueblo. Se explica:

—Si follamos, solo seremos amantes. Pero si yo me hago un corte y tú te haces otro, y mezclamos nuestra sangre, seremos hermanas de por vida.

Bea se ríe y se encoge de hombros y vuelve a beber y después ironiza con que está llevando las cosas demasiado lejos, como solo una lesbiana es capaz de hacerlo: le está ofreciendo una boda pagana cuando ella en ningún momento ha barajado el compromiso. Ni siquiera sueña con traspasar la barrera de su piel. Tan solo quiere quedarse ahí, en el límite, en los poros; determinar el grado de salinidad, el pH, la presión adecuada; «comerte el coño, bonita, nada más que eso». Pero Violeta no se rinde. Estas últimas semanas junto a ella la han henchido de discurso. Tiene el cuerpo anestesiado de tanta conversación y lectura. Yergue la columna y diserta con la vehemencia de quien presupone un auditorio abarrotado a los pies de su silla. Gesticula como si intentara disipar un banco de niebla. Y le dice tú, tú, fuiste tú quien me enseñó que el sexo es la manera perezosa de zanjar una conversación, que lo necesitamos para afianzar los vínculos porque claudicamos ante un sistema monógamo que considera que, si solo es amistad, es poca cosa. Y concluye:

—Esto que tenemos es tan raro que vamos a hacer las cosas como no las hemos hecho nunca.

Sobreviene un silencio que parece un grifo abierto. Algo que gotea y no cala hasta que inunda. Violeta decide cortarlo con un tajo. Es fácil si no lo piensas. Cierra el puño en torno al filo y, zas, lo desenfunda. Un gemido. Le muestra a Bea su palma ensangrentada como si contuviera una ofrenda, pero lo que le ofrece, en realidad, es el propio cúter.

—Te toca.

No sabe cuánto tiempo lleva ahí la mueca de espanto de Bea, pero ahora es imposible escapar de su influjo. La está mirando como si no la conociera, y Violeta comienza a desconocerse a sí misma. Se mira los brazos y los tobillos, y los siente gordos, hinchados, monstruosos. Repara en las arrugas gruesas que se dibujan en torno a las falanges de sus dedos cuando los estira y no se puede creer que esas manos de vieja sean las suyas. Qué está pasando. Este no es su cuerpo. Por favor, por favor, susurra, que me lo devuelvan. Bea se levanta de la silla y se acerca a ella con cuidado. Le quita el cúter y lo deja sobre la encimera.

—Creo que te está pasando algo. Una crisis. No lo sé. Voy a buscar a Salma.

Que se hubiera ido sin más y la hubiese dejado a solas con su herida abierta y solitaria no habría sido ni la mitad de humillante que lo que aguarda a continuación. Toda esa preocupación sobreactuada. Las preguntas sobre su historial psiquiátrico. Las dos madres en pie mientras ella sigue en su silla.

A la mañana siguiente, cuando abre los ojos, no queda ni un mísero calcetín de Bea olvidado bajo alguno de los muebles. Ni una de sus piedras de cuarzo. Ni siquiera la bolsa de café orgánico que compró para los desayunos. Los bordes en torno a la herida de su mano están hinchados y supuran un líquido blancuzco. Salma la presiona para que vaya a urgencias y, ante la posibilidad de adentrarse en un hospital lleno de peligro, por primera vez desde que empezó todo esto, Violeta admite el miedo que le da cuanto se ha estado gestando y muriendo ahí fuera.

La terapeuta número uno le sugiere que cierre los ojos para recordar la escena con más detalle, y le pide que la narre en presente, como si estuviera dentro, como si fuera un testigo invisible. Violeta obedece y comienza a hablar a oscuras.

Su madre entra en casa arrastrando un sofá. En el extremo opuesto, empuja un hombre.

—Este es Damián, de quien te hablé. Mira qué cosa más bonita nos ha comprado.

Violeta no recuerda que su madre haya mencionado a ningún Damián, pero sabe que debe fingir que lo conoce, así que asiente y alaba el sofá, que, en efecto, es bonito; la tapicería de polipiel negra brilla como la cubierta de un piano.

—Ayúdale a retirar el viejo, que vamos a ponerlo en su sitio.

Violeta guía al hombre desconocido hacia la sala y, con cierta vergüenza, le presenta el sofá viejo, lleno de manchas de pintura, arañazos, restos de puré y de infancia. Cree intuir una mueca de asco en su rostro, pero es posible que se lo esté imaginando. Es posible que se sienta juzgada por el tal Damián del que nunca le han hablado y en quien, no obstante, recae la obligación de deshacerse de esta reliquia familiar que es casi una prueba de vida, un resto arqueológico que demuestra que un día fueron tres. Tres plazas. Pronto descubrirá que el nuevo es un sofá cama, y que Damián va a quedarse a vivir en él. Al menos mientras Violeta esté bajo el mismo techo, porque, como su madre le indica con un guiño, compartirán la cama de matrimonio los fines de semana en los que a ella le toque ir con su padre.

—Pero delante de mi niña no pienso hacer nada de mal gusto.

A Violeta le arde el rostro, pero sonríe, sonríe con todas sus fuerzas para desviar la atención de sí misma. A partir de ese instante, oirá a su madre presumir por teléfono de esta decisión que ha tomado de abstenerse de dormir con su novio en presencia de su hija, y Violeta cerrará con ruido la puerta de su habitación para trasladarle su enfado, pero ella nunca se dará por aludida.

—¿Qué edad tenías? —le pregunta la terapeuta número uno.

—No estoy segura. Ocho o nueve años. Más no, porque a los diez mi padre se mudó a Francia y dejé de visitarlo, así que no me habría dicho eso de los fines de semana que debía pasar con él.

En el consultorio también hay un sofá, pero nunca lo ha probado. Intuye que es meramente decorativo, un accesorio sin manchas de vida, puesto a disposición de un plató que pretende resultar acogedor, cálido. Pero lo cierto es que la atmósfera da calambre. Cada vez que entra por la puerta, Violeta se siente inmediatamente mal, y lo achaca a la impronta energética que dejaron los pacientes que la precedieron, horas y años de malestar volcados sobre la alfombra y absorbidos por el aislante de las paredes, hormonas del estrés que se adhieren a la estancia y que provienen, seguramente, del sudor y la saliva. Eso es lo que la enferma, lo que somatiza e incorpora. La suma ponderada del dolor ajeno. Como si no tuviera suficiente con el propio.

—¿Y cuánto tiempo se quedó Damián con vosotras?

A la terapeuta número uno le interesan las fechas. Al cabo de unos meses, cuando abandona el tratamiento, lo único que Violeta guarda consigo es una línea temporal como las que ilustran las adendas de algunas biografías y libros de historia. Su vida esquematizada en torno a una veintena de hitos lamentables.

—Seis meses. Este duró seis meses.

A la terapeuta número dos le gustan los diagnósticos, y eso, en principio, logra apaciguar a Violeta. Las cosas tienen nombre, origen y motivo, y no le ocurren solo a ella. Su trastorno es resultado del trastorno de su madre, que a su vez es resultado de la herida que le infligieron a ella en la infancia. Violeta supone que esta concatenación de contagios se puede remontar hasta el origen de los tiempos, en un efecto dominó transgeneracional del que parece imposible escapar, una maldición férrea como las que lanzan las brujas en los cuentos infantiles.

—El caso es que tu madre solo es capaz de amarte como una extensión de sí misma.

La terapeuta número dos le inocula la idea de que no ha sido amada.

—Amada bien, como merece un niño.

Y Violeta se para a pensar, quizás por primera vez, en cuáles son sus definiciones del amor ideal.

—Ella será dulce y grácil como un ave, y sabrá coser y cantar, y tendrá paciencia con mis estallidos de tristeza y de rabia, me arropará por las noches aunque no haya sido perfecta, nunca amenazará con dejarme si no tiene verdadera intención de hacerlo y hará guisos a fuego lento que embriagarán la casa con el olor de las cosas de antaño, las que nunca conocimos y fueron necesariamente mejores que lo que nos esperaba tras el advenimiento del plástico y las custodias compartidas.

Cuando Violeta conoció a Salma, le maravilló que supiera cocinar. Y no solo eso; que eligiera con atención y cuidado las mejores hortalizas de la frutería, que conociera el precio de los alimentos y los contrastara en distintos puestos del mercado, que le dedicara tiempo, tiempo valioso, al acto, para Violeta mecánico, de alimentarse. Nunca ha sentido el impulso de atiborrarse y vomitar con la comida que prepara Salma, aunque, con el transcurso de los meses y los años, esta ha ido perdiendo el gusto por demorarse en la cocina y se comporta, cada vez más, como un reflejo de la propia Violeta, alguien que coge de la nevera un bote de sucedáneo vegano de atún y se lo come a cucharadas en su estudio, sin apartar la vista del lienzo aunque sus ojos hayan dejado de ver lo que tiene delante. A veces Violeta siente que le ha transferido sus defectos, que ha operado en ella como un tóxico corrosivo que elimina el barniz de la superficie, el entusiasmo y la ligereza con la que se desenvolvía cuando se conocieron. Así, cada vez que la observa y siente hartazgo o indiferencia, cada vez que la posibilidad de una ruptura se cuela en sus pensamientos o cierra los ojos y piensa en Paul, en Bea, o en cualquier persona con misterio y sin rostro encerrada entre sus muslos, se juzga luego como una sanguijuela, alguien que se acopla a sus víctimas y las repone por otras cuando están debidamente drenadas.

—Pero las sanguijuelas son fascinantes —la ilustra Chiara—. ¿Sabes que su saliva contiene anestésicos, antiinflamatorios y anticoagulantes? Hacen lo que hacen, lo que necesitan para sobrevivir, pero con una enorme delicadeza.

Chiara también es delicada. Le dice lo que piensa sin llegar a herirla. Como que, por ejemplo, no es buena idea que vuelva a verse con Paul. Es lógico que retomaran el contacto durante la pandemia; quién no recibió el mensaje de algún ex por esas fechas. La muerte inspira tendencias revisionistas, pero, ahora que la vida sigue, hay que vivirla hacia delante, hacia lo siguiente, *letting go, moving on*; siempre a mano el inglés, con sus metáforas lingüísticas de superación y progreso. Tras la pandemia, Violeta ha vuelto a malgastar su tiempo en la enseñanza de esta lengua que, por su propia estructura, enseña los valores del Imperio a todos esos aspirantes a camareros y recepcionistas de hoteles de lujo que abarrotan sus clases. Pero lo cierto es que, incluso pensando en inglés, ella piensa muy distinto. Siente que la vida no es una flecha recta hacia el futuro, sino, de hecho, una repetición constante, ciclo y reciclaje y la misma puta piedra no hasta que aprendes, sino hasta que la recoges y la cargas contigo por siempre, de vida en vida, como un amuleto o una cruz. Cuando llegue el juicio final, alguien preguntará su nombre y ella entregará esa piedra.

—Me gusta la carne medio cruda si es solomillo de ternera, pero la chuleta tiene que estar bien hecha, con un poco de costra, porque, si no, apenas se le nota el sabor de las brasas, y, bueno, el pollo también me gusta, pero solo asado, y aquí ya has visto que te lo ponen cocido, que se nota que lo meten en la olla exprés porque sale seco, y la salsa es prácticamente agua, y te plantan las patatas en mitad del caldo, que se quedan blandengues y se les va todo el aceite, con lo que me gustan a mí las patatas fritas, pero las caseras, en freidora o en sartén, me da lo mismo, que lo importante es que estén crujientes, no estas que las mezclas con el caldo del guiso y es un asco. ¿A ti qué es lo que más te gustaba comer fuera? Porque yo creo que lo que más voy a extrañar es la comida, los escabechados de caza que preparaba mi madre y el cordero lechal, eso sí que es una comida de fiesta; en mi familia siempre cenamos eso en Nochebuena, y en Nochebuena nos dejarán salir, y entonces comeré tanto que cuando vuelva no voy a entrar en la cama esa de niños que nos ponen, ¿te imaginas? Yo no sé cómo se las apañará la abadesa, que está gorda gorda gorda, pero igual es que ella tiene una cama de verdad, de las que hay en los hoteles, que yo una vez estuve en un hotel en Sevilla porque nos llevaron a ver la Semana Santa cuando mi hermano cumplió los quince y aquella cama era como para que durmieran veinte, pero dormimos solo dos, mi hermano y yo, que ahora trabaja en una farmacéutica en Miranda de Ebro, ¿te he contado lo de que salió en el periódico por una invención, un avance de la ciencia que han hecho ellos allí y que por eso los periodistas querían hacerle preguntas a mi hermano?

Violeta se retirará el sudor de la frente y mirará al cielo, pero encontrará un cobertor de plástico. Habrá soñado con una vida de comunidad y silencio, pero al principio sentirá que solo ha encontrado a Belén, quien le pondrá un marcaje o una diana en la nuca y la perseguirá a través de los pasillos del invernadero con su cháchara monocorde, su cháchara como un discurso pregrabado, a medio camino entre lo humano y lo robótico. Por desgracia, a las externas, como se referirán las monjas a ellas con ese deje de superioridad y fastidio, les permitirán hablar durante las horas de labor, de nueve a una y de cinco a ocho, como si eso, la posibilidad del oído y la lengua suelta, fuera a aliviar en algún sentido la carga. En apenas diez días, Violeta lo sabrá todo sobre Belén, que es como decir que no sabrá nada, porque su discurso será extremadamente pormenorizado en lo circunstancial y lo irrelevante, pero jamás llegará al hueso.

—¿Y qué le parece a tu madre que estés aquí?

—Ella quiere que me haga monja, pero dice que, mientras me lo pienso, no es un mal sitio para estar.

—¿Y tú qué quieres?

—A mí me gusta mucho el Niño Jesús. ¿Has visitado el convento de las Descalzas Reales en Madrid? Tienen una colección de figuras del Niño Dios que son como bebés de verdad, dormiditos en su cuna, con sus vestiditos hechos a medida… Y, hombre, me gustaría hacerme monja en un convento que tenga muchos Niños y alguna reliquia famosa, si nos ponemos, porque este, entre tú y yo, es bastante pobretón, que mira cómo nos dan de comer, todo el día aquí deslomadas y luego la contrazanca esa que se te atasca entre los dientes y no hay forma de sacarse las hebras, o ese pescado blanco que tiene muchísimos trozos negros y que te ponen albardado pero que es como con las patatas, que lo mezclan con lechuga y se reblandece el rebozado con el vinagre del aliño.

Lo cierto es que, a Violeta, el asunto alimentario no le resultará del todo indiferente. En su entrevista preliminar especificó que era ovovegetariana y, después de aleccionarla sobre el hecho de que al único al que Dios hizo a su imagen y semejanza fue al hombre y que a los animales los puso bajo su dominio, le aseguraron que no habría problema en adaptar el menú a su dieta. Lo que no se imaginaba era que esto implicaría comer ensaladas de tomate y cenar tortilla francesa durante el resto de sus días. Aunque ¿ha venido a este lugar a llenarse las tripas o a vaciarlas? Se consolará a sí misma recordando la ascesis de santa Teresa y de tantas otras místicas que encontraron en el ayuno un dispositivo de acceso a lo sagrado, y comenzará a jugar con las cantidades, a poner a prueba su resistencia al hambre dejando cada día un bocado más sin tocar. Le resultará perfectamente elocuente que, en el exterior, su conducta alimentaria incluyera crisis de atracones y vómitos, y aquí, en cambio, se haya impuesto la escasez. En poco tiempo, llegará a la conclusión de que su vida de antes, así como la de todos los que viven dentro del sistema, se cimentaba sobre miedos invisibles; miedo a quedarse sin cosas que, en realidad, no son indispensables, como tres comidas diarias o el acceso a la calefacción cuando, por suerte, habitan en una zona templada del planeta. Sentirá que cada renuncia, cada pequeña incomodidad o empeoramiento subjetivo de su calidad de vida, implica una liberación, un sorbo menos de deseo, y solo por ello habrá merecido la pena.

A las dos en punto terminará el trabajo en el invernadero y se impondrá el silencio de las zonas comunes. Belén, con esa sonrisa que, al ensancharse, siempre parecerá a punto de reventarle los granos de acné en las mejillas, se despedirá con una amenaza:

—Mañana te tengo que contar lo del perro que se nos perdió en el pueblo.

Violeta sonreirá, súbitamente generosa por la alegría de librarse de ella, y acudirá a la capilla junto al resto de las externas, de las que aún apenas se sabe los nombres, caminando en fila india a través del caminito de grava que lleva hasta el claustro. Serán doce en total, casi todas entre los treinta y los cuarenta años, y todas blancas. Ellas, las que son externas, estarán allí porque han podido pagar su dote, como en los siglos antes del siglo pasado. Ocuparán los asientos del coro junto a las monjas y las novicias, casi todas ancianas o racializadas, pero más tarde, en el refectorio, se sentarán en una mesa aparte, cuadrada en lugar de corrida, y ligeramente más baja que las de las religiosas. La voz de la lectora, que llenará el silencio entre mordiscos, les llegará difusa, como en un idioma extranjero, desde el lado opuesto de la sala. La división del espacio, de tan jerárquica, parecerá diseñada para infundir reverencia, de tal modo que una tarde, cuando la intercepte la cocinera por la galería porticada, a Violeta le temblarán las piernas.

—Tú, la nueva. Apenas estás comiendo. ¿Pasa algo?
—No, para nada. Es que estoy con poca hambre.

La monja la escudriñará arrugando la nariz, como si intentara determinar el origen de un olor pútrido.

—No te vaya a dar el mal de encierro. Es importante que pasees un rato a diario, ¿me oyes? A la hora de la siesta, tú te pones unas zapatillas cómodas y recorres tres o cuatro veces los jardines de atrás. Si alguien te dice algo, tú le respondes que te ha dado permiso sor Montse. ¿Entendido?

Violeta asentirá sin entender muy bien qué ocurre; ni por qué la considera proclive a ese mal de encierro del que habla ni dónde están esos jardines secretos que nadie le ha mencionado hasta ahora, pero algo dubitativo habrá en su gesto que no dejará a la monja tranquila.

—Y ven a verme. Pásate por la cocina después de comer y hablamos.

Entre las dos y las cuatro de la tarde, entre la comida y el rosario que rezan todas juntas en movimiento, caminando por la galería, antes de volver a sus tareas, que en esta ocasión la encerrarán en el cuarto de la colada, Violeta dispondrá de su hueco de intimidad más preciado; será cuando se retire a su celda a leer, a estirar los músculos con un poco de yoga o, en los peores días, a enfrentarse a ese demonio de la angustia sorda, el eco de todo aquello de lo que se ha despedido. *A priori*, le parecerá un fastidio tener que prescindir de su tiempo de ocio, del recogimiento y la fustigación, pero sentirá que no está en posición de negarse.

—Allí estaré.

Sor Montse, con su cuerpo redondo y chato y sus ademanes masculinos, se alejará mascullando que todo es un desastre, que así no se hacen las cosas, meterlas aquí a las bravas, sin preparación de ningún tipo, y Violeta sentirá el peso de la ilegitimidad como una vergüenza antigua y casi añorada, como volver a estar en la iglesia del pueblo, siendo una niña, y que alguien le diga, a la hora de la eucaristía, tú no, no puedes.

Por algún motivo, lleva varios días pensando en su padre, recordando anécdotas de cuando era pequeña sin que el juicio y la herida se antepongan al recuerdo y lo empañen. Una noche, sueña que viajan juntos a las cataratas del Niágara, que era el destino vacacional del Oso Tibo en *Tibo y las vacaciones de verano*. Para regocijo del adulto, Violeta se empeñaba en decir «cataratas del Viagra», un chistecillo absurdo con el que aún la persigue si es que la persigue de algún modo. Por azares o sincronías cósmicas, a las pocas horas de abandonar dicho sueño, su padre le escribe un mensaje que denota cierta gravedad. Le pide que lo visite en Baiona tan pronto como pueda. «Te pago el tren o la gasolina, lo que prefieras». Violeta intenta sonsacarle más información, pero solo obtiene evasivas. Se compromete a ir al cabo de un par de fines de semana y él lo celebra y le asegura que podrán estar tranquilos, porque su mujer tiene previsto irse con los hijos a visitar a los abuelos. Esta aclaración le hace intuir un divorcio a las puertas, algún drama solitario sobre un desamor que, por edad, no le toca. Emprende el viaje con una rabia que se esfuerza en contener a base de arrancarse padrastros y morderse las uñas, sintiéndose la niña abandonada para la que nunca están los demás pero que, a la primera que le silban, lo deja todo.

Llega a la estación de madrugada y, aunque entiende que no haya nadie esperándola en mitad de la niebla, se vuelve a sentir herida. Coge un taxi y se planta frente a la puerta verde con aldaba que, hasta ahora, solo había franqueado en Navidades. El interior de la casa está a oscuras y sigue estándolo después de tocar varias veces el timbre. Comprueba su teléfono móvil y repara en un mensaje no leído de su padre donde le indica que hay un manojo de llaves escondido en el paragüero. Violeta resopla. Hunde el brazo hasta el fondo del cilindro y lo saca sucio de barro y lluvia. Tiene ganas de gritar, o de dar media vuelta. Le han preguntado a menudo cómo fue encontrarse en la adolescencia con que su padre engendraba hijos con otra señora, y lo cierto es que lo más doloroso ha sido comprobar, a medida que estos niños se han ido haciendo mayores, lo mucho que difiere el trato que reciben. A los hijos, que ya son universitarios, su padre los lleva a diario en coche, llueva o nieve, hasta la puerta de la facultad, para que no tengan que madrugar tanto ni ensuciarse de transporte público, supone. En cambio Violeta, que es autosuficiente desde los dieciocho y jamás le ha pedido dinero ni ayuda de ningún tipo, recorre seiscientos kilómetros para visitarlo y se encuentra con que no hay nadie despierto para abrirle la puerta.

Dentro de la casa se respira un aire denso y húmedo. Bajo la luz amarillenta del hall, el número excesivo de jarrones que atesora la mujer de su padre, asidua a los talleres ocupacionales de cerámica, resulta algo tétrico, como una colección de hornacinas fúnebres. Todas las flores están secas. Violeta guarda el recuerdo de que la habitación de invitados está al final del pasillo, junto al cuarto de baño, pero no es un recuerdo sólido. Avanza con el oído pegado a cada una de las puertas cerradas, tratando de identificar la respiración o los ronquidos de su padre, y no distingue nada. Por fin, se atreve a allanar el dormitorio que intuye como propio, gira el pomo, enciende la luz, y lo siguiente que hace es dar un grito. Por supuesto, se ha equivocado, pero lo terrible no es eso. Lo terrible es el anciano escuálido y deshecho, con el rostro como un cirio cuya cera se ha derretido y resecado en demasiadas ocasiones, que se incorpora en la cama y la observa desde el extravío.

—*Marie, c'est toi?*
—Papá, soy yo, Violeta. Acabo de llegar.

A Violeta se le atraviesa un gargajo espeso en la garganta, o quizás una espina, o un cristal pequeño y afilado, algo que duele. No necesita que le expliquen nada para saber que este hombre se está muriendo, y en su imaginación no se ha entrenado para ello, no sabe lo que debe sentir, así que se disculpa y cierra la puerta. Encuentra su habitación al otro lado del cuarto de baño. La separa de su padre el ruido de una cisterna que gotea durante toda la noche.

A la mañana siguiente recibe su informe oficial: el diagnóstico, la prognosis, el tratamiento; los días y las horas que se han ido y los que restan. Pero ella sigue intentando arrancarse lo que se le ha quedado trabado entre las cuerdas vocales. Un observador externo podría concluir que se domina y desenvuelve con enorme madurez. Le deja hablar, asiente, hace las preguntas que tocan, su voz denota calma. No está bien apropiarse del drama ajeno, llorarle al enfermo su diagnóstico y cargarle con tus emociones. Pero Violeta es alguien que tiende a reaccionar precisamente así, como no debe hacerse. De manera que esto no es propio de ella. Igual porque ella ha dejado de ser ella durante un tiempo crítico, mientras pasean en silencio por el puerto o se sientan a comer en las terrazas con tolditos marineros, que parecen despechadas o nostálgicas sin el barullo veraniego del turismo.

—Papá, ¿te acuerdas de cuando leíamos juntos?

Su padre asiente y algo con vida se mueve tras el velo anaranjado de la ictericia que le opaca la vista. Sonríe con una maldad traviesa, como de niño.

—¡Cómo es posible que la señorita Elizabeth se haya desmayado otra vez sobre el diván! ¡No me digas que el coronel le ha propuesto matrimonio a su propia hermana!

—Nunca pasaban esas cosas... Te lo inventas todo.

—Pero a ti te encantaba regañarme. Todavía te encanta hacerlo.

Violeta baja la vista sobre su plato y piensa que lleva media hora devorando mejillones en salsa de roquefort sin oponer una sola queja sobre el origen animal de las viandas, pero aun así le da la razón. Le dice que todo está igual, que sí, que aún disfruta contrariándolo. Se da cuenta de que, para su padre, Violeta quedó criogenizada en el instante en que las abandonó a su madre y a ella, como un objeto que dejas en una casa de la que te despides y que siempre rememoras donde estaba, sin noticias del polvo. Pero ahora es demasiado frágil para sacarlo de su error.

Durante la segunda noche de su estadía en esa casa de enfermedad y jarrones, concilia el sueño en cuanto se sumerge en el colchón de muelles gastados. Podrían haberle dejado otra cama de las muchas que están vacías en lugar de esa de la que siempre se quejó, pero llega tan cansada que ni siquiera tiene fuerzas para el reproche. Al día siguiente, su padre la acompaña a la estación y se despiden en un estado de conciencia transitorio donde todo parece vibrar como en el interior de una campana. El tren arranca y Violeta no recuerda si han hecho planes de algún tipo o si se han despedido *para siempre*. La posibilidad que abre esa expresión adverbial la retorna súbitamente al cuerpo. Siente una masa viscosa que se mueve por su espalda y se agazapa entre las costillas, impidiéndole respirar a pleno pulmón. No ha llegado a saber muy bien lo que significa tener un padre, pero tampoco es capaz de imaginar lo que significará no tenerlo. Ingenuamente, quizás, pensaba que dispondría del resto de su edad adulta para reconciliarse con los hilos sueltos del pasado. Ni siquiera durante la pandemia, cuando los familiares de otras muchas entraban en salas de hospital de las que no volvían a salir, tuvo miedo o aprensión a que algo similar a esto sucediera. Ha estado viviendo de espaldas a la muerte como una forma de posponer la urgencia misma de las cuestiones que están vivas.

Coge el móvil, que apenas ha desbloqueado durante las últimas cuarenta y ocho horas, y se dispone a escribir a Salma, pero, a punto de hacerlo, cambia de idea y le escribe a él. Él sabrá cómo lidiar con esto porque es algo que ya ha vivido, se dice, aunque es una excusa torpe: el padre de Paul murió cuando él era niño y su memoria pasa de puntillas por esa época; siempre dice que apenas recuerda el duelo. El verdadero motivo por el que lo busca a él y no a ella es que necesita esa sensación confortable de las cosas viejas, la voz de alguien que la conoció cuando su voz era distinta, más timbrada, con un deje al borde del berrinche que se arrastra de la infancia a la adolescencia y se emborrona con las juergas y los cigarrillos robados, pero que de vez en cuando, en momentos de desamparo como este, regresa intacta. Durante estos últimos meses, Paul y ella solo han hablado a través de mensajes, pero a bordo de este tren que traquetea al ritmo de otros tiempos se impone una comunicación más analógica, así que, impropio de ella, teclea su número de teléfono, el único junto al de su madre y Chiara que se sabe de memoria, y llama.

Una parte de sí misma alberga la esperanza de que no responda, por lo que una parte de sí misma se sorprende cuando lo hace y lo saluda con un tonito interrogante que le correspondería más bien a quien ha sido importunado. Hacía seis años que no escuchaba su voz. Por teléfono siempre suena grave y profunda, un timbre que se acopla con sus centros energéticos inferiores. Le entran ganas de llorar y de abrazarse las costillas para arroparse el llanto y de terminar masturbándose entre hipidos, pero está en un espacio público y todavía es capaz de contener su dolor entre los límites del decoro.

—¿Estás bien? ¿Ha pasado algo?

La costumbre generacional de no llamar a nadie por teléfono genera unas expectativas que, esta vez, no se defraudan. Paul también está de viaje; en su caso, en un autobús de camino a la ciudad que ambos llaman casa.

La coincidencia es excesiva. Cómo se va a negar. No hay mejor conclusión posible para esta pesadilla que encontrárselo a su llegada. Que haya al menos un hombre que sí esté dispuesto a dejar lo que esté haciendo para recibirla en el andén.

Con la mano derecha fuma, y en los interludios entre calada y calada lleva la mano izquierda al vaso de vino tinto o al plato de cacahuetes, y de ahí a su boca, y la devuelve a la mesa y traquetea una melodía sobre el teclado de un piano invisible que su cabeza tiende a dibujar sobre las superficies desnudas, y al rato bebe de nuevo. El nerviosismo de Paul es contagioso y Violeta lo absorbe, lo hace propio a su manera, que es hablando sin dejar espacio al contrincante, reafirmándose en el silencio que impone al otro, porque el que no puede intervenir otorga. Ante todo, evita quedarse callada, porque entonces podría sentir la escena en toda su trascendencia intrahistórica y venirse abajo o, lo que es peor, quedarse tal cual, comprobando que esta imagen fantasmática con la que lleva elucubrando más de un lustro no es sino la imagen de un hombre, un hombre fino y transparente al que comienza a faltarle el pelo en la coronilla, un hombre que ha temblado al abrazarla en el andén y luego se ha escondido en el interior de su anorak gigante y ha recorrido los metros que distaban hasta el bar de la estación en absoluto silencio, sin atreverse a mirarla a los ojos. A ella también le cuesta sostenerle la mirada. Teme quizás, al hacerlo, encontrarse frente a un absoluto desconocido.

—Perdona, no hago más que hablar.

—Tranquila. Es lógico. Has vivido un fin de semana intenso.

Violeta pone su mano sobre la mano escindida de Paul, la que hace arabescos sobre la tabla.

—Es que esto es raro.

Él se encoge de hombros como diciendo «obvio», pero no dice nada. Hace señas al camarero y pide otra ronda.

—¿Tienes prisa?

Es domingo a media tarde. Otoño. Noche cerrada. Salma estará en su estudio, acumulando pinceladas de óleo al ritmo de ese tecno industrial antiguo al que se ha aficionado este año. Violeta le ha escrito al llegar para decirle que se había encontrado con unos alumnos de la escuela de negocios en la que da un par de clases semanales y que iba a quedarse a cenar con ellos por el centro. Ha refinado su mentira invitándola a unirse, segura de que declinaría como declina cualquier plan que incluya a personas que forman parte de la vida de Violeta. Llevan semanas enfadadas, en una discordia sostenida que ni empeora ni afloja, porque después de la pandemia Chiara se mudó a una aldea a cincuenta kilómetros de distancia y, cada vez que Violeta pregunta por las llaves del coche para ir a verla, a Salma le surge un imprevisto: un concurso de pintura rápida en cualquier municipio en la dirección contraria, unas molestias estomacales que la obligan a ir a urgencias, o un miedo inexacto sobre la amortiguación de las ruedas, una simple aprensión que, no obstante, exige llevar el coche al taller antes de emprender cualquier desplazamiento. La guerra es silenciosa porque el coche, como la casa, es propiedad de Salma. Al mismo tiempo, Salma apenas tiene ingresos, por lo que viven de lo que factura Violeta. Pero, mientras que Violeta jamás le reprocharía esto a Salma, teme continuamente que su novia sí le recuerde que nada de lo que la rodea es suyo.

—No, no tengo prisa. Mañana trabajo de tarde.

Violeta querría contarle a Paul lo que ha descubierto sobre el divorcio sin estar propiamente casada, es decir, que ya no es un derecho. Con el precio de los alquileres, la alternativa a la vida en pareja es la regresión: al dormitorio de la infancia, si es que aún existe, o al piso compartido, y eso, entiende, en caso de que no haya hijos de por medio o una tenga ya una edad que le haga imposible imaginar la coexistencia con un puñado de estudiantes universitarios de los que celebran bacanales entre semana y nunca limpian el retrete. Se le ocurre que solo un malestar imposible, acumulativo y enconado, puede hacer estallar los goznes de una convivencia acorralada por los precios. Considera que no basta con dejar de amar; que hace falta odiar al otro para abandonarlo a su suerte ante los envites del sistema. Por eso, claro está, no se trata de una opción que ella baraje en absoluto. No, no quiere dejar a Salma, a quien, sin boda de por medio, juró que sería la última, la definitiva. Pero sí que le gustaría poder fantasear siquiera con un futuro distinto sin que este se le presente bajo la amenaza de una pistola en la sien.

Violeta querría contarle esto a Paul, y también hacerle preguntas personales, como si sale con alguien o la ha echado en falta o tiene intención, en algún momento, de establecerse en una dirección fija, pero es incapaz de sobreponerse a la vergüenza que le dan las cuestiones concretas, las que la dejarían transparente y legible como un cuerpo abierto para la autopsia, a plena vista, destripada entre las bebidas que se apiñan sobre la mesa. Lo único que sabe de él, lo que le ha contado durante los primeros minutos de precalentamiento y cortesía, es que está en la ciudad por trabajo, invitado por uno de esos clubes privados en los que las adolescentes millonarias hacen su presentación en sociedad al cumplir los quince. El repertorio de la puesta de largo incluye adaptaciones para violín y piano de canciones de Dua Lipa, Olivia Rodrigo y Billie Eilish.

—Sí, hay gente que todavía vive en las novelas de época que tanto te gustan, pero sin minuetos ni rondós, para mi desgracia.

Por un instante, la anécdota moviliza fantasías de levitas, corsés y lenguaje engolado en la imaginación de Violeta, donde Paul se transforma en uno de esos pretendientes lacónicos pero capaces de una gran pasión refinada que, al principio de la novela, siempre insultan el ego de la heroína. Sin embargo, lo que más suscita su deseo es la posibilidad de oírlo tocar, de observarlo desde el anonimato del público, evaluando qué ha cambiado y qué sigue fiel a la memoria de sus dedos sin miedo a que él la pille, porque cuando se sienta al piano, cuando se acopla al mismo como un miembro cercenado a su prótesis, Paul desaparece. Es obvio que a él también le falta algo por el modo en que se funde con su instrumento. Es evidente que el instrumento por sí mismo no lo sacia.

—¿Sabes? Me enteré de que tuve un hermano gemelo que murió antes de nacer.

Incapaz de abordar lo concreto, Violeta decide merodearlo, así que se suelta a hablar sobre su pérdida, sobre ese enorme vacío que ha intentado anegar con el nombre de Paul, pero sin citar a Paul. Da por hecho que él será capaz de adentrarse en el subtexto, de seguirle la metáfora, porque siempre ha sido un chico muy listo.

—Claro, de ahí que tuvieras un amigo invisible en la infancia —concluye él tras escuchar todos los datos—. ¿Cómo se llamaba?

—Dantés. Como el protagonista de *El conde de Montecristo*.

—¡Nada menos! Debiste de ser una niña insufrible.

—Eso es lo que dice todo el mundo. Luego hubo una época, entre el amigo invisible y tú, en la que me imaginaba novios. Recortaba caras de las revistas y las pegaba en marcos de fotos. Les inventaba nombres, aficiones... Cada quien tenía sus propios motivos para haberse enamorado de mí. Recuerdo que al actor del anuncio de Martini le gustaban, sobre todo, los lunares de mi espalda.

¿Es posible que Paul la haya mirado de cierta manera al mencionar ella su cuerpo? Violeta prefiere no pensarlo. Empiezan a sentirse cómodos, los de siempre, mientras charlan contra el ruido de las conversaciones aledañas, contra los destellos histéricos de la máquina tragaperras y contra un hilo musical que, de vez en cuando, les devuelve algún hito de su adolescencia.

—No puede ser. ¡Miss Sagittarius!

—«La ciudad irá en ti siempre. / Volverás a las mismas calles». Qué apropiado.

—Así es. Pero tú solo estás de visita, ¿no?

La conversación los resguarda, filamento a filamento, en el interior de un nido. No es que estén evocando el pasado, sino que esta escena se encuentra despojada de contexto; es una de las muchas noches de bares que han vivido juntos, intercambiables las unas por las otras; una página extraída al azar de sus biografías casi siempre entrelazadas. Tal vez seis años no son nada, se dice Violeta con voz de tango, y se sonríe. Si mal no recuerda, fueron seis los años que Anne y el capitán Wentworth estuvieron distanciados en *Persuasión*, antes de reencontrarse, reconciliarse, reconocerse y, al fin, casarse. En ese lapso, él se había labrado una fortuna y una carrera, mientras que ella solo se había hecho vieja, pero eran otros tiempos. Como lectora experta que es, Violeta sabe que una elipsis no es más que un parpadeo entre dos páginas consecutivas. Algo carente de importancia.

Las copas se vacían y se llenan; es decir, ellos, que son los consumidores, las vacían, y alguien del servicio se las llena, pero es una verdad universalmente reconocida que el ensimismamiento romántico tiende a perder de vista las condiciones materiales que acabarán asfixiándolo. Por ahora, habitan un fragmento desgajado del tiempo y de sus figurantes accesorios. No existen la barra, ni los camareros, ni su padre que agoniza en una vida que se construyó al margen de ella, ni existe Salma, esperándola en casa, ni tiene ya tanta entereza esa casa a la que, por primera vez, no siente ninguna gana de volver.

Cuando los echan del bar de la estación y se despiden sobre el asfalto recién encharcado por el camión de la limpieza, en una ciudad donde no quedan abiertos ni los prostíbulos, Violeta siente que la noche ha sido tan perfecta que no tiene la necesidad de hacer algo impulsivo que la selle como, por ejemplo, besarlo. Se conforma con desparramarse en él, borracha y sin tensión, en un abrazo que dura más de lo debido, pero eso es todo. Está eufórica y se autoengaña, arengándose con afirmaciones positivas como uno de esos gurús de la autoayuda que a menudo escucha en los taxis. Se dice: «Somos adultos». Se dice: «Nos encontramos en una fase muy distinta de nuestras vidas». Se dice: «No vamos a volver a echarnos de menos». Se dice: «Todo va a salir bien». Y, antes de trastabillar con una baldosa suelta, se lo cree.

Dieciséis años, madrugada, y alguien, puede que Julián, el amigo de Paul de siempre, o cualquier personaje anónimo que han conocido esa misma noche y se diluirá en la desmemoria de la resaca, les hace señas con un disimulo torpe, agazapado entre dos coches del parking de la discoteca como si se dispusiera a orinar. Lo bueno del MDMA es que es más discreto que otras drogas. Solo hay que chuparse el dedo y sumergirlo en la bolsa, como si fuera picapica. Hay algo de reverencia y rito en la manera en que forman círculo en torno al producto prohibido y lo consumen a hurtadillas, en silencio. Para Violeta, no hay primera vez comparable a la primera vez que se prueba un tóxico; el cuerpo chisporrotea de incógnitas antes de que la sustancia alcance los receptores adecuados. Y esta tarda en hacer efecto. El proveedor desaparece y Paul y ella se quedan inquietos, en la antesala del giro, preguntándose si habrán consumido una cantidad insuficiente con un nerviosismo que quizás, o quizás no, sea ya un efecto de la droga. No se atreven a regresar con el grupo al interior de la sala; prefieren experimentar lo que sea que esté a punto de pasar, o quizás no, sin miedo al juicio de los otros, por lo que se acomodan contra la pared del barracón como si estuvieran esperando a alguien. Esta instantánea es tan antigua que, a pesar de ser noche de Halloween, no hay nadie con disfraces.

Violeta parlotea sobre cosas que le preocupan: el examen de matemáticas que les aguarda a la vuelta del puente, la bronca que ha tenido con el novio de su madre por un comentario despectivo sobre el atuendo con el que ha salido de casa, el rumor que circula sobre el trío que han hecho Martín, su novia y la mejor amiga de esta, que es el amor platónico de Violeta desde primero de la ESO. ¿Será que su radar de detección lésbica no se equivocaba con ella? ¿O será que las mujeres heterosexuales solo follan entre sí para que un hombre las mire? Esta idea le resulta insoportablemente ofensiva, ¿a él no? Paul asiente o aporta monosílabos. Es posible que ya esté en vía de fuga. Violeta no sabe exactamente en qué punto se encuentra, pero de pronto todo cambia. Su cuerpo se libera del peso. Es tan ligera que podría echarse a volar, aunque, paradójicamente, está pegada a la pared, sin voluntad para moverse. Durante un instante que le parece demasiado breve experimenta la vida tal y como debería ser. No tiene miedo. No tiene futuro. Tan solo un cuerpo y una pared que lo roza, siendo indistinguibles el uno de la otra. La mandíbula se le distiende, los líquidos de su cuerpo parecen borbotear. El movimiento atómico apunta hacia arriba, y su mirada también, hacia arriba o, según se mire, hacia dentro del propio cráneo. Hay un lugar que aún no ve, pero ha encontrado la flecha que lo señala.

La droga no volverá a regalarle un momento de revelación como este por mucho que se obstine en seguir probándola. A medida que pasan los años, cada vez le sienta peor. Al final, a partir de los treinta, deja de consumirla porque solo le da sueño, pero jamás pierde vigencia el recuerdo de aquella primera vez ni la búsqueda, siquiera inconsciente, de un reencuentro con su propio cuerpo en éxtasis. Lo atisba, de vez en cuando, si se esfuerza en demorar un orgasmo; no en la contracción final sino algo antes, justo antes de que todo se funda a negro. Lo intuye en esos segundos en que los músculos se hacen muy pesados y las imágenes del sueño que se avecina se funden con la conciencia aún despierta, con los alrededores de la cama y sus sombras. Y lo encuentra, al fin, meditando, en un gesto que le ha legado Bea y con el que intenta evocarla cuando sus pasos ruidosos y firmes ya no suenan por la casa.

Durante las semanas de silencio que prosiguen a la huida de Bea, se aferra al pensamiento mágico y se convence de que, en estado de trance, las conciencias se pueden comunicar entre sí a pesar de la distancia. No busca el vaciamiento de la mente, sino a Bea. No medita en un sentido estricto, sino que reza, y le reza a ella. Al principio sigue los pasos que esta le dictó: encadena unas cuantas respiraciones profundas, diafragmáticas, como quien empaña un cristal con vaho, y después se concentra en su cuerpo, recorre uno a uno los dedos de los pies, las piernas, los brazos. Intenta contar los latidos de su corazón durante un minuto. Relaja las arrugas del entrecejo. Y entonces, cuando se sabe en una frecuencia distinta, comienza a dirigirse a ella. Entona una retahíla quejumbrosa que combina reproches y súplicas, «Dios mío, por qué me has abandonado», con informes sobre su rutina diaria, «hoy me he encontrado un subrayado tuyo en el libro que estaba leyendo». No es la primera vez que hace algo así. Cuando Paul desapareció, también empezó a hablarle en su cabeza. Se preguntaba, o le preguntaba, qué opinaría sobre la victoria de Donald Trump, sobre el Brexit, sobre la fallida declaración de independencia en Cataluña. Le obsesionaban los acontecimientos históricos porque tenía la sensación de que, en aquel silencio pactado desde el que no podía contrastar con él lo que ocurría ahí fuera, la propia historia pasaba de largo. Pero aquellas conversaciones imaginarias sucedían en pleno movimiento: mientras limpiaba la superficie de la vitrocerámica o se frotaba el cuero cabelludo con un producto para el pelo graso que había que masajear durante diez minutos. Tiempo muerto. Este ejercicio de rezarle a Bea desde el zafu es otra cosa, porque la respiración la transporta a un lugar fronterizo que, hasta entonces, solo había visitado con la ayuda de las drogas. Es novata, y no lo sabe pero respira demasiado rápido, se hiperventila. De ahí que, de pronto, su cabeza parezca disgregarse del cuerpo y vuele hasta el techo de la habitación, ofreciéndole una imagen de sí misma con los ojos firmemente cerrados.

Violeta siente que se ha adentrado en los dominios de la magia y enseguida se cansa de pensar en Bea, y decide centrarse por completo en cultivar sus dones esotéricos. Busca vídeos en internet sobre viajes astrales, y empieza a entrenar a diario mirando un punto negro en la pared que, al cabo de una semana, debe evocar a oscuras y permitir que se ensanche hasta conformar un túnel. Nunca logra sumergirse en el mismo y dejar que la arrastre hasta el epicentro de las piedras de Stonehenge, como dictaba el ejercicio, por lo que pasa a la siguiente inquietud que le recomienda el algoritmo de YouTube y se adentra en el universo de las regresiones a vidas pasadas. Los resultados son discretos, pero se siente satisfecha cuando un día, a punto de quedarse dormida en la fase de relajación, escucha nítidamente el ruido de unos cascos de caballo que suenan a peligro de muerte junto a sus sienes. Buscando nuevos estímulos, se inscribe en un curso de control mental. Aprende a sentir sendas bolas de energía sobre las palmas de las manos, a visualizarlas en distintos colores y a hacer que se replieguen hacia el núcleo y se distiendan de nuevo al ritmo exacto al que late su corazón. De no creer en nada ha pasado a creer absolutamente en todo. En las teorías del renacimiento y el karma budistas, en la sanación por imposición de manos, en las larvas energéticas, en la geometría sagrada y en los fantasmas. Quizás lo único que se le resiste son los mitos propios del catolicismo. La imagen de un Dios encarnado en un Hombre le resulta, *a priori*, inasequible. La promesa del cielo, los jinetes del apocalipsis, la resurrección tras el juicio final: terror fantástico.

Mientras todo esto sucede, que no es poco ni está carente de emoción, su padre pierde el habla por una metástasis que se encona en su laringe y, finalmente, entra en cuidados paliativos. Marie, su mujer, escribe mensajes de texto traducidos por la IA que siempre le generan inquietud, la posibilidad de un gran error de comunicación que traslade «fuerte», *papá está fuerte*, en lugar de «muerte». Como sea, logran entenderse y acuerdan que, cuando ella considere que ha llegado el momento, la avisará para que vaya a despedirse. Violeta se encuentra muy tranquila, anestesiada por los ejercicios de respiración en diez tiempos y la prosodia hipnótica de las meditaciones guiadas. Probablemente esté en anoxia, en la euforia de los montañistas que sucumben a escasos metros de coronar el Everest. Salma opina que esto ya ha pasado antes.

—Tienes una capacidad pasmosa para la negación.

Pero Violeta la observa desde la cima, con una condescendencia elevadísima que proyecta una aureola de nubes circulares sobre su coronilla, e intenta persuadirla de que incorpore ciclos de respiración alterna, el pranayama conocido como *nadi shodhana*, a su rutina de autocuidado diario.

—Es que te noto la energía muy revuelta.

Salma bufa y se encierra en su estudio, en alguno de sus dos estudios, ya que ha acaparado para su uso personal y bajo llave el despacho que antes compartía con Violeta. La está expulsando de su propia casa, podría concluir un observador externo, pero, si no es sensible a la agonía de su padre, tampoco va a inquietarse por estas modificaciones en la metáfora espacial de su vida en pareja. Es cierto que el equilibrio es frágil, pero todavía se dan momentos de comunión entre ambas. Hay días en los que Violeta llega de trabajar muy cansada, con la sensación de haber disipado toda su energía en los otros —en los que le hacen preguntas sobre condicionales y frases hechas, pero también sobre su vida privada: *do you have any dogs or cats?*—, y se refugia en Salma, en los recovecos de su cuerpo grande y sólido como una catedral. Entonces siente que la recompensa a los trabajos de Hércules está ahí, con ella, en los comentarios ligeros que comparten al respecto de la película que han proyectado sobre una sábana en la pared, en la confianza que no te obliga a recolocarte el pelo detrás de las orejas, que no te obliga siquiera a pensar. Por unos instantes, el agotamiento le permite sentir que cada cosa está en su sitio, y ahora que es autónoma y da clases en dos academias y seis empresas diferentes, es posible que el cansancio sea su estado de ánimo prioritario. Cierra los ojos mientras se abandona sobre los muslos de Salma y se concentra en el único deseo que jamás se cumple, es decir, en que las cosas, por favor, se queden como están.

Durante los últimos meses, a su padre se le ha encanecido el pelo por completo. Tiene una media melena hermosa en la que el blanco se combina con el plateado y que a Violeta le recuerda a la Navidad, a los espumillones que colgaban del árbol durante el puente de la Constitución, siempre en las mismas fechas por mucho que ella insistiera desde mediados de noviembre en que adelantaran el hito. Era un árbol de plástico desmontable que, con todas sus piezas ensambladas, llegaba a medir dos metros. Violeta se encaramaba a hombros de su padre para adornar las ramas más altas y colocar la estrella de poliespán en la punta, que jamás quedaba recta. Ahora, el sudor de la noche le ha hecho bucles a la altura de las sienes y Violeta se los estira con suavidad para ver cómo regresan por sí solos, como muelles, a su forma de caracol. Aprovecha que está dormido, profundamente sedado, para acariciarle el rostro como se lo acariciaría a una amante, recorriendo con la yema de un dedo la circunferencia de su óvalo facial y las protuberancias óseas, los pómulos, la barbilla, el pequeño promontorio que sobresale en mitad de su frente. ¿Cuándo dejamos de tocar a nuestros padres? No sabe en qué momento esta piel, tan conocida y presta a la invasión como un órgano propio, se volvió un lugar ajeno. Puede que sea a los siete u ocho años cuando los demás comienzan a blindarse para nosotros tras una capa protectora que, como pronto se descubre, solo puede atravesarse bajo el pretexto de una intimidad romántica. Ese es el primer gancho, la coacción originaria: si quieres tocar y que te toquen, tendrás que enamorarte.

—Papá, ya estoy aquí —le susurra—, y aquí me voy a quedar.

Toma asiento junto a la cama, en una pequeña banqueta que le han traído las enfermeras, porque también en la antesala de la muerte se respetan las jerarquías: el butacón reclinable en el que se puede quedar a dormir un acompañante por noche es de la esposa, y las dos sillas de plástico con respaldo, de los hijos. Han salido todos a la cafetería para regalarle unos momentos a solas con su padre, pero pronto estarán de vuelta con sus fonemas extraños y ese lenguaje gestual propio de quienes son familia que ella no comparte. Le gustaría tener algo profundo y emotivo que decirle a este cuerpo que duerme. Algo que traspasara el velo de los fármacos y se colara, como una voz en off, por el escenario de sus sueños. Pero otra vez se le ha trabado el duelo en la garganta. Como es habitual en ella, comienzan a hinchársele los ganglios submandibulares. Llegarán pronto la infección y la pérdida, como si fueran una misma y única cosa.

Salma le recuerda por mensaje que está lista para reunirse con ella en cuanto se lo pida, pero Violeta ha querido hacer esto sin testigos. Le daría vergüenza que la vieran así, masajeando el punto entre el pulgar y el índice de la mano de su padre para liberar la tensión que, en un conato de miedo, acaba de agarrotarle los músculos. No ha llegado a despertarse, pero algo lo ha sacudido en sueños y ahora murmura una retahíla de sílabas que no se encadenan en ninguna secuencia conocida.

—Tranquilo, tranquilo —le susurra, y empieza a tararearle una canción infantil con la que la dormían a ella de niña.

Mientras lo hace, se da cuenta de que nunca ha acunado a un bebé y de que es posible que nunca vaya a hacerlo. Hay cosas de las que nos despedimos sin despedirnos, sin oficiar ningún funeral ni rito de paso. De pronto, un día, te despiertas y sabes que ya no será: no hay nadie presente para darte las condolencias o la enhorabuena. El libro sobre gemelos evanescentes dice que es habitual que los supervivientes no engendren hijos propios. Es una cuestión de lealtad hacia el hermano cuya memoria resguardan. Le toca, como contrapunto, acunar a su padre. Se envalentona y comienza a cantar con más fuerza. Le brota una voz timbrada, sin obstáculos, que no está acostumbrada a oír en sí misma, como si un espíritu se hubiera adueñado de sus cuerdas vocales; como si hubiera despertado de un coma con un don nuevo. Pero alguien carraspea a su espalda y el milagro de la voz se desvanece. Se gira hacia la puerta y la enfermera de planta le indica con un gesto que baje el volumen. Violeta se sonroja. No entiende lo que le pregunta a continuación.

—*Je ne parle pas français.*

La mujer entra en la habitación y se acerca a los monitores que registran las constantes vitales de su padre. Lo hace con paso firme, sin ninguna reverencia, recordándole que su drama privado no es nada, la rutina a la que se enfrenta ella en cada turno. Después señala su reloj de muñeca y apunta el dedo hacia el número uno. Son menos veinte, la una menos veinte, y parece, por sus gestos, que algo va a pasar cuando la aguja llegue a la hora en punto. Violeta asiente sin entender, solo para que se vaya y le devuelva esta intimidad tan frágil que acaba de conquistar. El sonido de sus zuecos, el modo en que se acoplan y desacoplan del suelo como ventosas, le tensa los nervios.

¿Por dónde iba? Recupera el brazo de su padre, la mano que no está conectada a la vía intravenosa, e intenta localizar su pulso débil, sincronizarse con el origen biológico del pitido rítmico que reproduce la máquina. Cierra los ojos y respira profundo. Papá, susurra con la voz de su hilo de conciencia, no me enseñaste nada sobre la muerte, no quisiste regalarme ningún consuelo con el que enfrentarme a esto cuando sucediese. La muerte es como apagar un televisor. Eso decías. Y, bueno, deseo que encuentres mucho más de lo que esperabas. Que la sorpresa sea inmensa. Que se te caiga la mandíbula del susto. Que reconozcas que te equivocaste, en eso y en muchísimas otras cosas, porque has sido cerril, obtuso y cínico desde que te conozco, y eso significa que has vivido a medias. Todo a medias. Cometiste un error y huiste a otro sitio, sin terminar lo que habías empezado. Un padre a medias. Eso es lo que has sido para mí, pero te perdono.

La luz que se cuela a través de sus párpados se multiplica de pronto, como si la estuvieran apuntando con un flexo; una luz de interrogatorio contra sus ojos cerrados. Intenta pestañear y localizar el origen, pero los músculos no la obedecen. Está consciente en el interior de su propio cuerpo dormido. Tiene miedo. Empieza a experimentar unas oleadas de energía muy caliente que ascienden por su médula y explotan de forma efervescente en su cráneo. No entiende lo que pasa, pero se consuela pensando que, al menos, está en un hospital. Pronto vendrán a asistirla. Aunque hay accidentes cerebrovasculares que matan a personas jóvenes de forma fulminante, antes de que nadie se dé cuenta. Le pasó al hijo de una amiga de su madre hace no mucho en mitad de clase; una de esas tragedias que afectan con su onda expansiva a un grupo humano extenso: los padres, la novia, los amigos, los profesores... Todos con la etiqueta del trauma adherida al genoma que heredarán los hijos de sus hijos. Sí, ha estado leyendo sobre epigenética, sobre ratas torturadas con calambres asociados a un ruido cuya descendencia respondía con pavor al ruido sin calambres.

La cabeza de Violeta enlaza ideas a toda velocidad. Es la adrenalina, como suele decirse sin que nadie la haya probado nunca con su propia lengua. De pronto, se detiene en algo. Debe prestar atención, porque en realidad no es una imagen; sería imposible, teniendo los ojos cerrados. No es una imagen pero su cerebro la traduce como si lo fuera. Es información, información de algún tipo, que dice lo siguiente: unas manos finas y blancas, un manto azul, una espada en la mano. Lo ha visto antes. No recuerda dónde, pero está segura. ¿Una Virgen con espada? ¿Existe algo semejante? Si estuviera realmente viva, lo buscaría en Google, pero ni la imagen es una imagen ni ella está en su propio cuerpo, que sigue sordo a las señales eléctricas que emite desde el centro de su voluntad. Escucha el sonido del viento, como si de pronto estuviera a la intemperie, y ve algo que le llena la región torácica de una sensación de gozo que no tiene un nombre. Nada de lo que siente o experimenta se puede describir, en realidad, porque este lugar es pre- o poslingüístico, según se mire. En todo caso, la sensación de dicha —el volcado simultáneo de todos los neurotransmisores asociados al placer que almacena su hipófisis— está relacionada con la aparición de un ángel. Siente que, si tuviera manos, podría llegar a tocar sus alas blancas, inmensas, divinas, y que las yemas de sus dedos se transformarían al hacerlo en velas que jamás se funden. No sabe si ha venido por ella o por su padre, pero siente una gratitud inmensa por que alguien haya venido.

Cuando recupera la conciencia, tiene el rostro surcado por las lágrimas. Fluyen cuesta abajo sin que las acompañe ningún esfuerzo muscular, con las facciones relajadas y el pulso templado. Su padre también parece haberse quedado muy tranquilo. Violeta se inclina sobre él, apoyando el rostro en su regazo, y está tan relajada que podría dormirse ahí mismo si no fuera porque al instante la interrumpen. Los dos hijos invaden la habitación con sus piernas como zancos y apestando a chorizo o a algún embutido barato. Los sigue la madre, vestida de negro, lista para ser viuda, con las gafas de sol puestas y un ruido metálico en el andar, como si hubiera perdido las tapas de los tacones. De pronto, la experiencia extracorpórea de Violeta se vuelve lejana, y al consuelo que le ha brindado se sobreponen infinidad de capas de ruido; no desaparece, pero se amortigua. El éxtasis ha sido intenso, pero la vida es aún más intensa. Este es un aprendizaje que se llevará consigo hacia el futuro, algo que le enseñará a fantasear con la reclusión y el silencio.

—Es hora —chapurrea la esposa en español, y Violeta le agradece el esfuerzo con una sonrisa triste.

La una en punto. A punto de empezar la primavera. En el año de sus treinta y tres años. En una clínica privada de nombre vascuence en Francia. Rodeada de extraños, aunque dos de ellos sean técnicamente hermanos suyos. Nunca ha enunciado el vínculo de esta forma. Siempre han sido «los hijos de su padre», o simplemente «los otros», como si no compartieran la sangre del hombre que los ha reunido en esta habitación para verlo morir, como si no fueran familia. Se arrepiente de no haberse dejado acompañar por Salma, o por Chiara, o incluso por su madre, que le habría puesto una nota extravagante, una especie de alivio cómico, a la escena.

—No, mamá, tampoco se puede fumar en la ventana.

Se lo imagina como si de verdad sucediera así, con ella a su lado.

—Hija, qué estirada es esta gente. Dime qué quieres que haga por ti. ¿Le doy una patada a la viuda?

—Quiero un mechón de su pelo. Del de papá.

Su madre inventaría una excusa para echarlos a todos de la habitación. De las profundidades de ese bolso como una maleta con el que siempre carga, extraería unas tijeras de costura y le metería un tajo a la melena canosa sin ningún aspaviento.

—Lo que sea por mi niña.

No es así como suceden las cosas, pero puede que algún día se las cuente así a terceros, o a ella misma. Puede que se invente un recuerdo y luego se lo arrogue como propio. Que reescriba la historia para sentir que la controla, porque lo que viene a continuación, en cualquier lugar del mundo y en cualquier tipo de contexto, es por completo incontrolable.

Arturo, el padre de Violeta, intentó librarse de la mili con una determinación de la que luego no hizo gala ante adversidades quizás mayores. Adujo pies planos, se hizo el loco ante un psiquiatra y llegó a estar tres noches sin dormir, a base de anfetaminas, porque le dijeron que, de este modo, daría positivo en un escáner cerebral por epilepsia. Nada funcionó, y sin embargo fue de esos hombres que siempre recordaban sus batallitas del cuartel con cierta nostalgia, contraponiéndolas en las cenas familiares a los relatos que las mujeres compartían sobre sus partos, con el mismo deje de resiliencia y orgullo que si un bebé de cinco kilos se hubiera abierto paso a través de sus caderas. Arturo, al igual que Violeta, jamás llegó a conocer a un hombre que, en su mismo destino y a escasos barracones de distancia, corrió una suerte muy distinta. En febrero de 1978, Jorge, de diecinueve años, murió durante su cuarto mes de servicio, ahorcado con los cordones de sus botas. Entre sus pertenencias encontraron una postal dirigida a su novia, que lo esperaba en el pueblo, en la otra punta de la Península, bajo la promesa de una boda que a ella siempre le pareció incierta.

—Es que era un chico muy fantasioso —dice la madre de Violeta—. Cada día con una idea distinta. Que si quería irse a Madrid a trabajar en Telefónica. Que si nos quedaríamos en el pueblo hasta que mi madre falleciera y se encargaría de las ovejas. Que si lo mejor era emigrar a Alemania... Yo ya le veía que el carácter no lo tenía fuerte, que se encerraba a veces en la casa y no salía ni comía ni nada. Pero a mí me gustaba, chica. Era muy rubio. Con cara como de niña guapa, pero varonil varonil, ya sabes.

Violeta se encoge de hombros. Qué va a saber ella.

La postal que recuperaron junto al cadáver no decía gran cosa. El espacio era reducido y Jorge tenía una letra gruesa y una prosa desgarbada. La madre de Violeta aún la conserva y se la enseña con el pulso frágil, como si algo en el papel contuviera la impronta de esos días en los que la sacaron de su adolescencia a porrazos. «Aquí siempre oscuro y la humedad se te mete en los huesos. No puedo esperar para volver a casa, abrazar a mi rubia allí donde nuestro escondite de las encinas. ¿Cómo están los padres?».

—¿Qué es eso del escondite de las encinas? —pregunta Violeta mientras intenta atemperarle el pulso a su madre conteniendo sus manos deformadas por la artritis entre las suyas.

—Ay, hija, aquí en el pueblo, ¿no sabes? Donde jugabas tú con la Julia, detrás de la iglesia.

Violeta lo recuerda y se sonríe. En efecto, es un lugar a salvo de las indiscreciones, pero le cuesta imaginarse a su madre reclinada contra un árbol, o de piernas abiertas sobre los restos de una lápida, atravesada por una pasión con condena de muerte como en los libros que ella leyó de niña por aquellos mismos escenarios. Le cuesta imaginarlo, pero es obvio que ha heredado esa pulsión trágica; si no de su madre, de la historia en sí, del mito original impreso en su ADN basura. Además, al amante muerto le debe algo que tiene que ver con su propia vida, con su propia sangre. Ella está aquí porque él se quitó de en medio. Es una idea bastante perturbadora.

—¿Tienes alguna foto de él? ¿De Jorge?

Su madre hace un chasquido con la lengua.

—Qué va. Me deshice de todo.

Violeta no entiende.

—¿Que tiraste las fotos?

—Claro. No quería que tu padre se pusiera celoso.

—¡Pero conservaste la postal!

—Ay, hija, eso es distinto. La postal me la entregó la policía.

A Violeta le cuesta hilar su lógica tanto como le cuesta armar un retrato robot de su padre que sintonice con la misma. ¿De verdad llegó a ser un hombre celoso, alguien herido en su orgullo por la presencia fantasmal de un antiguo amante, como aquel marido en *Los muertos* de Joyce? No le pega nada, pero, de nuevo, qué sabrá ella. Ha comenzado a olvidar los gritos y las peleas que precedieron al divorcio, el clima hostil de aquella casa que primero fue de tres, y luego fue de dos, y al final fue solo de su madre, que decidió venderla. Pero, si se esforzara en recordarlos, enseguida llegaría a la conclusión de que aquellos episodios previos al final de aquel mundo estuvieron llenos de fiereza. Arturo no era tibio, al menos entonces. Aunque nadie vaya a recordarlo en esos términos, hubo un instante en el que estuvo hecho de una fibra que ardía al más mínimo roce.

—¿Y te costó mucho olvidarlo? Al novio muerto, digo.

—Estuve un año sin salir de casa. ¿Te imaginas? Un año entero sin querer ver a nadie. Pero aquella tristeza, igual que me vino, se me fue. Ahora lo recuerdo y es como si le hubiera pasado a otra. Me acuerdo más de lo de tu padre, la verdad, de lo mal que lo pasé cuando se marchó.

Han acabado hablando del hombre que casi fue su padre con motivo de la muerte del que sí llegó a serlo. Su madre voló desde Palma hace tres días para acudir al funeral y a Violeta le pareció valiente que lo hiciera. Nunca antes se había encontrado cara a cara con la mujer por la que la abandonaron, y la miró con altivez, pero después le plantó dos besos de los que suenan pastosos, a humedad en los labios. Se sentaron juntas en la primera fila, frente a la tarima desde la que una empleada de la funeraria oficiaba el acto, protocolario y breve. Les leyó un poema malísimo de García Márquez y un pianista interpretó un par de canciones de los Beatles que Violeta está segura de que su padre habría odiado porque sonaban exactamente igual que las canciones de misa. No sabe cómo debería haber sido la ceremonia, cuál la coreografía nihilista que encajara con su padre, pero se dice que quizás deberían haber subido un televisor al altillo, haber visto entre los asistentes el partido del Athletic y, con el pitido final del árbitro, haber desconectado el cable del enchufe. Esa era su idea de la vida y la muerte. Por qué no haberla performado. Al final, el único detalle personal que hubo en el servicio lo aportó Salma, que hizo un retrato en acuarela del difunto. El fondo diluido era azul y el rostro parecía anfibio, el de alguien a punto de convertirse en anfibio, a punto de disolverse en el mar.

Ahora, aprovechando los días de permiso que le han concedido en el trabajo, Violeta y su madre están en la casa del pueblo, que nadie ventilaba desde hacía diez años y huele a moho y al insecticida con el que han rociado cada recoveco, aprensivas de las arañas. En esta ocasión, su madre no ha viajado con el novio porque este vive ahora en una residencia. Ella lo visita cada mañana, dice que para poner orden entre el equipo de enfermeras, que si no lo tendrían con el pañal sucio hasta que la mierda llegase al colchón. Es por esto y no por hacerle compañía por lo que va a diario, porque el pobre anciano ha seguido coleccionando ictus hasta aniquilar por completo cualquier idea de sí mismo.

—¿No has pensado en volver a casa?

—¿A qué casa, hija? Si mi casa la vendí.

Eso Violeta ya lo sabe. Algunas madres habrían dicho «nuestra casa» porque también fue suya, la única que conoció durante los primeros dieciocho años de su vida, pero se le empiezan a ir las ganas de airear reproches antiguos.

—Tú heredarás la del pueblo después de que la herede yo, que será pronto, porque a tu tía le quedan dos telediarios. Tu padre no te habrá dejado gran cosa, ¿no?

Violeta se encoge de hombros. Todavía tienen que ir al notario a leer las últimas voluntades, pero es evidente que la casa seguirá en manos de la esposa, y no cuenta con que su padre tuviera grandes ahorros. Sale caro pagar liceos y universidades privadas a dos hijos. No espera que en lo material su vida vaya a cambiar mucho ahora que es huérfana de padre. En lo simbólico, aún está a la espera de que el cuerpo acuse el golpe. Todavía no ha empezado a temblar.

Pero esa misma tarde, cuando los temas de conversación se agotan y sale a pasear por los cerros, se topa con una víbora hocicuda en la cuesta que asciende hasta el páramo. Camina distraída, con la mirada puesta en la maleza y el cielo bajo, y de pronto pisa carne, algo blando y frágil que se duele y defiende contra el tejido de sus botas. Violeta comienza a gritar, asesta patadas al aire y, finalmente, embiste al reptil con la punta de metal de la cachava con la que su madre la ha obligado a salir de casa. Acierta con un golpe que le atraviesa el cráneo triangular, justo entre ambos ojos, y observa cómo se sacude, clavada al asfalto de grava, hasta que los estertores dan paso a la calma. Violeta apenas puede respirar. Exhala pitidos agudos, de asfixia asmática, y se revisa los tobillos buscando la marca de algún mordisco, pero se ha librado. La víbora yace inerte con sus mandíbulas distendidas, dejando asomar dos colmillos afilados y blancos como material quirúrgico. Tiene la cabeza destrozada, apenas un amasijo de carne, y la cola enroscada de tal forma que los rombos de su piel dibujan un pequeño damero. Violeta se hinca de rodillas frente a ella y comienza a llorar. No entiende por qué la ha matado, de dónde han salido la precisión y la rabia, por qué no se ha limitado a salir corriendo. Siente que esta transgresión la perseguirá de por vida, que será el motivo judicial subyacente de muchas cosas malas que están por venir. Se lleva las manos al tórax, en posición de rezo, y comienza a suplicar perdón a un dios en el que no cree, o apenas, o no hasta este mismo instante. El llanto le expande el pecho en contracciones rítmicas y tiene la boca abierta en un grito ahogado, como si esta escena fuera, en verdad, la de un alumbramiento.

Ha derramado sangre y ahora tiene sed. La sacia donde puede y con quien puede, al salir del trabajo, con los alumnos con traje y corbata de un bufete de abogacía especializado en blanqueo de capitales, con los adolescentes del curso intensivo para el First Certificate, con los dueños de la academia de idiomas del barrio, los que le pagan las clases a quince euros la hora. No tiene exigencias ni prejuicios, solo sed. Pide una ronda tras otra y a menudo invita ella, para persuadir al grupo de que aguante, de que aguante a su lado una copa más, de tal modo que la transacción laboral se invierte, se gasta lo que cobra en alcohol, en mantener un ritmo de ingesta estable, porque si descansa le entra un sueño súbito que es como desfallecer en mitad de la parada de taxis, como tener que suplicarle a Salma que baje a buscarla al portal y la cargue en brazos hasta casa, y eso a Salma no le gusta. A Salma no le gusta casi nada de lo que lleva pasando un buen rato, e intenta mostrarse paciente, le dice que entiende su duelo, pero por dentro bulle una realidad distinta que una noche la mueve a adueñarse del teléfono de Violeta mientras esta duerme. Lo desbloquea acercándolo a su rostro y se adentra, con los ojos desorbitados de expectación, en la entraña escrita de su novia, el único lugar que aún no posee. Lo primero que hace es abrir su WhatsApp, y lo primero que encuentra es un nombre, un nombre prohibido en esta casa que no debería estar entre los hilos de conversación más recientes.

Así de prosaica es la tragedia; ya no se guardan cartas manuscritas en el cajón de las bragas; no hay amantes que escriban postales desde la mili ni se utilizan los servicios de mensajería con la promesa de la inmortalidad, pensando «algún día alguien compilará mis restos y esto que ahora es privado se hará público». La intimidad entre los que dialogan a través de la pantalla es absoluta porque no se intuye siquiera la mirada de un tercero. Por eso es tan humillante que alguien se cuele en ese espacio cerrado que se oxida al contacto con el aire.

—Cómo has podido —dicen ambas.

Violeta se siente traicionada como cuando su madre husmeaba en sus diarios de adolescencia. Le gustaba escribir y dejó de hacerlo por su culpa, porque nada fluye cuando empiezas a intuir la mirada de la ley sobre la nuca. Así que Salma grita, pero ella grita aún más fuerte.

—¡Esto es absurdo!

—Me juraste que no volverías a verlo.

—No tenías derecho a pedirme algo así.

—Pero lo hice. Y tú lo aceptaste. Como yo acepté que te pudieras follar a otra gente. Como acepté que estuvieras mes y medio ligando con Bea bajo mi puto techo. ¿Acaso te dije algo?

—Se supone que la no monogamia la acordamos juntas, no sabía que me hubieras hecho una especie de concesión. No es así como funcionan las cosas. Pero es que además no entiendo qué tiene que ver lo uno con lo otro. Paul y yo solo somos amigos.

Salma emite un graznido, algo como un gargajo de sarcasmo que se le ha atorado en la garganta.

—He leído los mensajes, por Dios. Es obvio que estáis enamorados.

Violeta protesta al límite de su rango vocal, al borde del llanto. Es posible que sí esté enamorada de Paul, que lo haya estado ininterrumpidamente todos esos años, pero lo importante es que renunció a ello para construir algo más fuerte junto a Salma, ¿acaso no la ennoblece el sacrificio? ¿Y de verdad no ha demostrado con creces lo comprometida que está con esta relación? ¿No cuenta que lleve meses trabajando jornadas dobles para mantenerla, mientras ella se dedica a eso que tanto ama y tan poco dinero aporta? Cada argumento que esgrime la aleja más y más de Salma. Violeta no acaba de entender que todo es inútil, que el vínculo romántico, como la cultura, se asienta sobre un tabú, y que, por absurdo que este sea, transgredirlo implica la anulación automática del contrato. Como no entiende estas normas tan sencillas que han operado en la sombra desde que se conocieron, no está preparada para la conclusión lógica que viene a continuación.

—Quiero que te largues de mi casa.

—¿Tu casa? ¿Cómo que tu casa?

—Me marcho el fin de semana a donde mis padres y cuando regrese no quiero que estés aquí.

Salma empieza a preparar una pequeña maleta con su ordenador y algunas mudas de ropa limpia. Recorre la casa, su casa, con pasos ruidosos y firmes, y Violeta la persigue al trote —la diferencia corporal entre ambas más notoria que nunca—, como un cervatillo raquítico a la zaga de su depredador.

—No me puedes hacer esto ahora, justo cuando se ha muerto mi padre.

Salma la ha ido esquivando de habitación en habitación con un gesto imperturbable, pero cuando escucha esto le devuelve una mirada en la que se intuye el asco. Y el asco Violeta sí lo entiende. Es una expresión universal, una emoción básica, y está en las antípodas del amor. La recoge y se recoge. Se encierra en el cuarto de baño, que siempre ha sido su cuarto propio, el único espacio con candado a su disposición en esta casa, y se sienta sobre la taza del váter, abrazada a sus rodillas. Con este gesto, vuelve a estar en el instituto, refugiándose de las chicas crueles durante el descanso del comedor, y cuando se escucha el sonido de la puerta de entrada al cerrarse se retrotrae un poco más, al instante en que su padre las abandonó en su infancia. Solo que esta vez el portazo lo experimenta desde un cuerpo distinto, que no es el de la niña sino el de su madre. Siente el aguijonazo exacto de una pérdida que se parece a un robo: años, quizás los mejores de su vida, puestos al servicio de un proyecto que se va por el desagüe sin contemplaciones, derecho a la fosa séptica. Debería estar triste, pero está rabiosa. Todas las pequeñas inquinas, todos los desplantes ante los que ha callado, se le encadenan en un montaje iracundo como el videoclip de un grupo punk.

Cómo se atreve.

Con todo lo que ella ha.

Traición. Le viene esa palabra una y otra vez a la cabeza, como seguramente le suceda a Salma, por otro lado. Han dejado de compartir las definiciones de las cosas. Eso es, al final, lo que las aleja.

Antes de abandonar la casa esa misma tarde y emprender camino, con sus maletas a cuestas y empalmando varios buses de línea hasta llegar al municipio más próximo a la aldea en la que vive Chiara, hay una cosa que debe hacer. En una de las baldas de la estantería encuentra el trofeo de hierro que Salma ganó en un concurso de pintura, uno de gran formato para el que la propia Violeta preparó el embalaje y pagó los portes de Seur, y, armada con él, rompe el candado del estudio donde se almacena su obra. Se dispone a destruir, uno a uno, los cuadros de aquella exposición que se inspiró en su sangre pero que nunca contuvo su sangre; un fraude, un sacrilegio, un sacrificio de animal; solo eso. Llena el cubo de la fregona, retira los cristales protectores de los marcos, y sumerge los papeles de acuarela hasta que se desintegran en el agua, dando pie a una masa pastosa y sucia. Más tarde se arrepentirá de otras cosas, pero jamás de esto. De esto, que Salma utilizará para desprestigiarla ante todos sus contactos comunes —les escribirá uno a uno adjuntando fotos del desastre y Violeta comenzará a sentir que se abre una trinchera silenciosa a su alrededor, que sus mensajes se ignoran o no llegan al destinatario, que el servidor la expulsa de antiguos grupos de

WhatsApp y le están vedados ciertos perfiles de Instagram, que hay rostros conocidos que se cambian de acera o fingen hablar por el móvil cuando se cruzan con ella por los viejos lugares—, de esto no se arrepentirá nunca porque sabrá que no es venganza, sino un acto retributivo.

—Entonces, tú eres la que no come animales.

Violeta asentirá mientras acepta la invitación a sentarse en una silla junto a la encimera de metacrilato de dimensiones industriales sobre la que Montse, la hermana Montse, estará cortando cebollas en juliana a una velocidad pasmosa. Sobre el hábito, llevará un delantal con manchas de sangre y grasa y dibujos infantiles de alguna serie de animación que Violeta no habrá visto antes.

—Me lo regaló el menor de mis sobrinos, Luis, que tiene ya diez años.

Violeta pensará que no hay un solo niño en su vida; ni en su círculo familiar ni entre sus amistades. Nadie que pueda familiarizarla con los hitos culturales de la generación en ciernes, explicándole de qué trata la película más reciente de Disney o cuáles son las dinámicas en un patio de colegio actual. Lo sentirá como haberse desligado del futuro, como haber asumido una brecha profunda entre su identidad y la historia; dará por hecho que es tan vieja como para que ya le haya pasado todo lo que podría pasarle por causas que no fueran internas. En parte, por eso se habrá encerrado, para dejar de ser porosa a lo ajeno, y le sorprenderá que la hermana Montse sí lo sea, que mantenga y presuma de sus vínculos con el exterior. Pero es que cada día Violeta se habrá ido percatando de que su idealización de la vida monástica casa poco con la realidad. Que se trabaja más que se reza. Que se habla poco de Dios y mucho de dinero, de lo que cuestan las cosas, como el azúcar y la mantequilla, que están encareciendo tanto la manufactura de las pastas que la abadesa se está planteando abandonar la producción. No son tanto un sistema aparte como una maqueta a escala del sistema en sí mismo, una pequeña empresa. Lo único de lo que el convento protegerá a Violeta es de la deserción de las otras. Esta casa no se vaciará de golpe de la noche a la mañana. De vez en cuando se perderá de vista algún rostro, pero enseguida será sustituido por otro similar y con igual función, porque el flujo de externas se mantendrá estable; al final, habrá resultado una medida exitosa. Mientras las condiciones de vida ahí fuera sigan siendo violentas e injustas, sobrarán las mujeres que elijan volver a ser niñas, refugiarse en el colegio interno donde su alimento y su cama estarán siempre asegurados, con la ayuda de Dios.

—Está muy bien lo de ser compasiva con los animales. Se dice en los Evangelios que Dios no se olvida ni de los pajarillos que se venden por unos cuartos, y que el justo cuida de la vida de su bestia. Eso es verdad. ¿Pero a ti no te parece que cada quien debe cumplir una función? Aquí todas trabajamos las unas para las otras, y cuidamos de los animales que luego nos alimentan. Ha sido así siempre. Un *quid pro quo*.

Violeta se sentirá molesta por el discurrir de la conversación, por el modo en que se la juzga y cuestiona, pero, en virtud de la jerarquía que existe y la separa de la monja, tampoco se atreverá a decirle que para nada se alimentan únicamente de la carne que ellas crían y que una cosa es la simbiosis entre especies y otra, muy distinta, la tortura. Se limitará a interesarse por el origen de esas citas bíblicas a las que ha aludido, a lo que Montse replicará que no tiene ni idea, que lo busque en internet. Lucas 12, 6-7. Proverbios 12, 10. Para entonces, Violeta se habrá propuesto estudiar las Escrituras hasta conocerlas como antaño conociera la obra de Shakespeare o Jane Austen, creyendo que en esto, necesariamente, será buena. Que así conseguirá que las demás la vean buena en algo y dejen de cuchichear entre ellas con eso de que la nueva se bautizó e hizo la comunión al mismo tiempo, apenas unos meses antes de entrar.

—Pero no está bien ir por la vida creyéndose mejor que las demás. Ni mejor ni peor, vaya. Aquí somos todas iguales.

—En ningún momento he sentido que...

La monja la interrumpirá con un chasquido de la lengua.

—He pensado que podrías ayudarme en la cocina para meter algún plato vegetariano de esos que te gustan en el menú. A las viejas no les vendría mal comer un poco más sano. La Pura tiene el colesterol por las nubes.

Violeta se quedará paralizada, consciente de que a las externas no se les permite trabajar en la cocina y que esto, por tanto, implica una especie de ascenso, un trato de favor que podría no sentar muy bien a sus compañeras pero que la libraría del invernadero y de Belén, de su palique perpetuo entre las hileras de tomates y pimientos, y de esa humedad que, por culpa de los insecticidas, es tóxica y escuece en los ojos. Se sentirá tentada de ser honesta y reconocer que ella apenas sabe cocinar, que cuando vivía con sus amigas o con su novia eran las otras las que se encargaban de hacerlo, quedando ella relegada a las labores de limpieza, pero no cree que sea buena idea aludir a su lesbianismo ni oponerse a lo que parece ser un regalo, así que, en lugar de decir esto, dirá que sí.

—Será un honor.

Su nuevo organigrama de trabajo la obligará a madrugar aún más; entrará en la cocina cuando aún no haya amanecido para hornear el pan y triturar tomates; sacará, aún humeantes, los cubiertos y los platos del lavavajillas, y se hará consciente de lo estruendoso que es un simple paso contra el silencio de una comunidad que duerme. Al filo del amanecer, con las mesas dispuestas para el desayuno, dispondrá de un instante para sí antes de laudes. Se sentará en el claustro, sobre los bancos de piedra de la galería, y verá cómo comienzan a dibujarse las sombras en torno al naranjo y el aljibe. Será una imagen perfecta, y le costará cerrar los ojos y olvidarla, pero aun así lo hará. Cerrará los ojos para encerrarse en el interior de su encierro y, en ese instante, no habrá absolutamente ninguna voz del pasado, ni siquiera la de Paul, capaz de tentarla.

«Dios mío, lléname de ti para que no necesite más de nada».

Hay dos tipos de vampiros. Están los que drenan por completo a sus víctimas y las dejan morir, los que consumen y desechan cuerpos como simples zurrones de alimento, y están los que las convierten, dándoles de beber su propia sangre y atándolas a sí mismos, como una extensión propia, por el resto de la eternidad. A Violeta siempre le han gustado las historias del segundo tipo, los amores que duran siglos, porque lo que la sangre ha juntado, ninguna fuerza humana habrá de separarlo. Aunque no exista la posibilidad de la muerte, es decir, la posibilidad de la huida, tampoco existe el abandono. Cuando Heathcliff invoca al fantasma de Catherine, cuando pide que lo persiga y atormente por los siglos de los siglos, está rogando que lo vampirice. Cuando secuestra a su cuñada Isabella para obligarla a casarse con él, cuando la embaraza y maltrata y devuelve, ya rota, a casa de su hermano, está siendo un vampiro de los que desechan cuerpos. Como Salma.

—En realidad, la mayoría de los vampiros se comporta de las dos formas; a algunas víctimas las matan, y a otras las hacen vivir —puntualiza Paul por mensaje de texto, y Violeta asiente.

—Gracias por el matiz, listillo. ¿Adónde viajas hoy?

—A Londres. Tengo una grabación con un cuarteto de cuerda.

Violeta está sentada en el porche de una pequeña casa de campo, a la sombra exigua de un manzano enfermo de sarna, absorta en la pantalla del móvil. A diferencia de la mayoría de sus amigas, Salma no la ha bloqueado en Instagram, seguramente para atormentarla con las imágenes de vida perfecta que postea a raudales desde que se separaron. Frente a la asfixia y el encierro que caracterizaron sus últimos meses juntas, su exnovia parece haberse abierto a los paisajes exteriores. Sus *stories* están plagadas de paseos por la naturaleza: una cascada en mitad del bosque, un árbol centenario contra el que su silueta se recorta diminuta, el hallazgo de una mata de fresas silvestres. Desde hace un par de semanas, tiende a acompañarla una mujer de pelo liso y castaño y complexión muy delgada que, de espaldas, podría confundirse con la propia Violeta. De hecho, un seguidor despistado, alguien con presbicia o mala intención, asume en una de estas publicaciones que la desconocida es Violeta y le manda recuerdos.

—Tía, deja el móvil.

Violeta obedece a Chiara porque obedecer no consume energía. Arroja el dispositivo al pasto y se recuesta, adoptando las curvas de la hamaca como si fuera líquido vertido en un molde.

—Me han escrito de la academia. Ya han cubierto mi puesto.

—¿No iban a esperarte un mes?

Violeta se encoge de hombros.

—Ya ves.

—Qué cabrones. Pero bueno. Ahora ya no tienes prisa.

Es cierto. Ya no tiene prisa por nada. El mundo se ha detenido en jornadas pastosas y elásticas como las masas de pan sin gluten que elabora Chiara para vender en un puestecillo ilegal que ha instalado en la empalizada de acceso a la casa. Su amiga se ha retirado del sistema productivo, pero trabaja sin parar. En la huerta, en la cocina, en el corral, en los frutales comidos por los hongos que se esfuerza en revivir con purín de ortiga y otras pócimas de bruja. No tiene coche y camina siete kilómetros de ida y otros siete kilómetros de vuelta para hacer las compras de subsistencia básicas en el mercado del pueblo más cercano. Violeta observa su trasiego con una sensación culposa que no es lo suficientemente fuerte como para sacarla de su parálisis.

Al irse de la ciudad, donde no quedaba nadie a quien pedir ayuda porque todas sus amigas eran en realidad amigas de Salma, tuvo que dejar las clases. Pidió un permiso, una baja temporal por cuestiones familiares, pero era autónoma, y también como cuerpo laboral resulta sustituible y desechable, un zurrón de sangre que se drena. Le corresponden seis meses de paro. Con los gastos nimios de la vida al ritmo de Chiara, lo mismo ahorra dinero para subsistir un año, pero haciendo qué, con qué propósito. En su imaginario nunca han tenido cabida las utopías rurales. Se ha pasado tantos años velando por los deseos de Salma que no sabe muy bien qué desea, cuál es su propia utopía o el uso que quiere darle a este tiempo inmenso y regalado. La única rutina que se ha impuesto es la de acostarse y amanecer muy pronto, siguiendo los ritmos de la luz, para meditar o rezarle desesperadamente a ese Dios de su propia cosecha en el que ahora cree. Se sienta sobre la humedad del pasto y se imagina que sus pies arraigan en la tierra, que le crecen raíces por debajo y atraviesa con ellas la arcilla, las guaridas de los topos y las serpientes, los pozos subterráneos humeantes de vapor, las galerías secretas de la tierra, hasta llegar a su mismísimo núcleo. Mantiene los párpados ligeramente entornados, pero sus cuencas oculares se mueven hacia el entrecejo, y, en ese espacio de colores sin forma, encuentra algún instante de calma. Durante milésimas de segundo, deja de estar contraída por el miedo.

Pero el día tiene muchas horas y le cuesta mantener la atención en cualquier actividad que pueda aligerar su aburrimiento. Leer es un reto difícil. Se engancha al flujo de la prosa y este se entrelaza con el flujo de su conciencia. Sus pensamientos se injertan en la página, en los huecos de aire entre los párrafos, como si en lugar de leer estuviera escribiendo.

—¿Y por qué no escribes de verdad? —le propone Chiara—. En el instituto se te daba muy bien.
—Ya escribo mucho. Le escribo a Paul a todas horas.
Su amiga emite un bufido.
—Igual ha llegado el momento de que salgas de una puta crisis sin recurrir a él para que te salve.
Con la poesía le resulta más sencillo no perder el hilo. Regresa a algunos textos que descubrió con Bea: Pizarnik, Sylvia Plath, Anne Sexton. Primero los entiende con el cuerpo y luego se esfuerza en darles sentido con la lógica. Eso la mantiene entretenida. Es otro pequeño refugio en el devenir estático de sus jornadas campestres, aunque, a diferencia de la prosa, la poesía la llena de una añoranza intensa por la presencia de un otro, una otra, con quien compartir los subrayados y los temblores. *Do I not feel the hunger so acutely / that I would rather die than look / into its face?* Copia el poema al que pertenece esta estrofa a mano, sobre el reverso del papel de plata que envuelve sus cigarrillos industriales, y le envía una foto del manuscrito a Bea, cuya traición ha quedado en segundo plano, lejana, apenas una anécdota en la vorágine de acontecimientos de este último año. Acompaña la imagen con un pequeño texto, como si fuera una postal de las que se venden en los lugares turísticos: «Leí esto y me acordé de ti».

Por primera vez desde que llegó al campo, el ritmo subjetivo del tiempo se acelera. Se abre una elipsis como un túnel y por él emerge Bea como si nada hubiera cambiado, con sus rizos desmadejados al aire, su boca puntiaguda, dos botellas de cosechero bajo el brazo y un gramo de cocaína.

—Para celebrar.

En cuanto se adentra en la cocina y empieza a trasegar entre los cajones y las especias como si se conociera la casa al dedillo, Violeta entiende que esta es la pieza que les faltaba.

—Lo siento mucho —le dice al abrazarla—. Siento muchísimo no haber estado. Volví con el capullo aquel, ya sabes, el que me echó de casa, pero esta vez me he ido yo.

Huele a sudor y a hierba. Violeta la inhala.

Esa noche, mientras suben y bajan las rayas y las botellas de vino, Chiara se esfuerza por destilar el ideario político de Bea, a quien descubre socialista, alguien a favor de los impuestos y Papá Estado, como ella dice, pero aun así medianamente afín. Bea intenta convencer a Chiara para que se acueste, por una vez, para probar siquiera, con una mujer, y en un estallido de vehemencia jura solemnemente no volver a dejar que un hombre la toque. Al parecer, durante los últimos meses, el exnovio con el que buscó refugio cuando se fue de casa de Salma la ha tocado en exceso, bajo un consentimiento cuestionable, aprovechándose de sus sentimientos de culpa.

—¿Pero culpa por qué?

—Porque se folló a su hermana —responde Violeta por ella, y las tres se ríen.

—Antes de que lo dejáramos la primera vez, llevábamos ya meses que apenas follábamos, pero cuando volví empezó a buscarme a todas horas, sin importar lo que estuviera haciendo. Me ponía contra una pared, se corría y se marchaba. Era como si estuviera reconquistando un territorio, como si mi cuerpo fuera algo suyo en lo que tuviera que clavar, una y otra vez, su puta banderita patriótica.

Comenzó a sentirse mal. Físicamente enferma. Le dolían muchísimo la espalda y las articulaciones de las rodillas. Sentía que, por mucho que durmiese, despertaba en medio de una bruma, en plena resaca de algo que no era alcohol. También comenzó a verse fea, irreconocible en su propio reflejo y atacada de pronto por el paso del tiempo, por la conciencia de que ya no era tan joven, de que pronto no valdría nada. Parecía obvio que él no tardaría mucho en llegar a la misma conclusión, así que decidió apartarse antes de que la apartaran a patadas.

—Volví a casa de mis padres y estuve dos semanas llorando sin parar, encogida sobre mí misma, temblando. Era como si estuviera pasando por un síndrome de abstinencia gordo, o expulsando a un demonio en una peli de exorcismos. Pero de pronto, una mañana, me desperté tranquila, con la cara tan hinchada que apenas podía abrir los ojos, pero otra vez en mis cabales, pensando por mí misma, y lo vi todo tal cual era.

Uno de los cambios más evidentes que ha experimentado Violeta desde que medita es que ya no tiene tantas ganas de hablar, de decirlo todo hasta vaciarse por completo, como le ocurría antes. Ni siquiera la cocaína la desborda. Así que se limita a acercarse a Bea con el cuerpo; la abraza y se concentra en la posibilidad de llevarse el peso que arrastra con dicho abrazo. También se permite acariciar su cuello con los labios, inhalarla de nuevo, sin más pretensiones que el temblor escurridizo que le recorre el espinazo.

—Ahora te toca a ti, Violeta. Que llevas toda la noche callada.

No tiene ganas de hablar, pero aún le cuesta trabajo defraudar las expectativas de las otras, así que toma aire, se yergue en su asiento y se formula a sí misma la pregunta de apertura:

—¿Cómo estás?

—Pues me estoy recomponiendo.

Se sirve vino y busca el ánimo necesario para desenmarañar el nudo de los últimos meses a través del espacio y el tiempo, a través de la estructura secuencial del lenguaje. Por fin en voz alta, se atreve a hablar de Paul, y al hacerlo siente que una masa pesada, ceñida como una armadura de guerra a su caja torácica, se resquebraja y se aleja. Ahora que ya no es un secreto, tampoco es tan grave.

—Al final te has pasado diez años esperando a que volviera un hombre... Aquí la lesbiana. Hay que joderse.

Cuando se acuestan, ya de mañana, Bea se mete en la cama que comparten sin ropa, totalmente desnuda, y se acopla a su espalda, hundiendo la cabeza en el recoveco de su nuca. Se queda allí sin moverse, respirando cada vez más fuerte, sin miedo a la asfixia, y roncan juntas hasta que las toxinas de la noche y de los meses se volatilizan, poco a poco, hacia la atmósfera.

—Pero aquí no hay privación. Dando la vida es como se encuentra.

Mientras Violeta envuelva polvorones con papel de celofán que, de tanto roce, habrá comenzado a hacerle callo en las yemas del índice y el corazón de la mano diestra, sor Montse le contará que antes de entrar al convento fue abogada y estuvo a punto de casarse. Llevaba una vida de trasiego, lo que llaman plena, plagada de estímulos y movimiento y planes de futuro y aspiraciones de éxito que en absoluto saciaban su voracidad más íntima. «Digamos que ganaste la carrera y que el premio era otra carrera», tarareará para sí Violeta, pero se callará la cita, la canción de Miss Sagittarius, tan lejana a cualquier himno y tan reminiscente de la voz de Paul. El trabajo le ocupaba a sor Montse unas sesenta horas semanales, muchas de las cuales las pasaba recluida en un pequeño despacho en los sótanos del edificio, redactando requerimientos y apelaciones, sin luz solar ni compañía. El que habría sido su marido era uno de los socios principales de aquel bufete católico que se hacía publicidad aceptando querellas contra individuos o colectivos susceptibles de haber vulnerado los (sus) sentimientos religiosos. Apenas se veían durante la semana. Los domingos, iban al teatro.

—Es lo único que eché en falta al principio, el festival de teatro clásico de mi pueblo. Me encanta Calderón y habré visto unos veinte montajes diferentes de *La vida es sueño* a lo largo de mi vida. Pero ya sabes: «Mas sea verdad o sueño, obrar bien es lo que importa». Y no hay mayor regalo que hallarse, al fin, donde una sabe que debe estar.

Que tu libre elección coincida con lo que Dios ha elegido para ti.

Violeta habrá comenzado a extrañar un poco a Bea —lo mucho que disfrutaría con estas disquisiciones teológicas entre alimentos recién cosechados—, y los libros profanos, la mesa de novedades de su librería en la ciudad, y puede que también, aunque le avergüence, su rostro de antes, el que se enmarcaba en una melena larga y a veces se transfiguraba para la fiesta. Aunque lo cierto es que este olvido de sí misma, en el que se encadenarán semanas sin la intriga por el estado de su reflejo, la habrá liberado de una de sus peores cargas. Recordará con pavor, como una noche oscura, los últimos meses junto a Paul, cuya belleza parecía más canónica cuanto más se alejaba de los treinta, frente a su propia conciencia del declive ante al espejo; el dinero dilapidado en cremas y las horas invertidas en masajes faciales que Instagram le prometía que tonificarían sus músculos, definirían su óvalo facial y la retrotraerían al recuerdo idealizado de quien había sido.

—Cuando el amor es condicionado, nunca vales lo suficiente —le habrá dicho sor Montse, o alguna de las otras, al compartir esta experiencia durante la hora de recreo posterior a la cena, y habrá sentido que esta máxima lo resume todo. La diferencia entre el amor divino y el amor humano. Lo que nunca ha funcionado ni funcionará. El origen del miedo.

Y es que ya no tendrá miedo. Si acaso al imaginarse el futuro —¿soportaré esta vida de por vida?, ¿cuánto se puede repetir una oración sin que se vuelva simple ruido?—, pero lo importante será vivir al día, saber, cada mañana, que hoy también sí, y que mañana ya veremos.

—¿Y tú por qué acabaste aquí?

Pasarán muchos días de trabajo con las manos y de escucha atenta, de sumisión u obediencia a la otra, vaya, antes de que sor Montse le haga una pregunta personal, y Violeta, que tanto habrá ansiado hablar de sí misma, se sentirá, de pronto, sin nada que decir. Al final, bajo insistencia, por miedo a parecer misteriosa o soberbia, responderá algo muy escueto.

—Un día, me leí en voz alta un salmo y no pude parar de llorar.

Sor Montse asentirá complacida.

—Es que también Cristo oraba con ellos.

Será una respuesta sencilla pero que Violeta creerá aprehender en toda su riqueza. Violeta, que se instruyó en algo que pareciere no haberle traído más que frivolidad, desempleo y desencanto, entenderá, al fin, la importancia de su formación en letras, porque es la que le permitirá apreciar la fuerza de un texto, el poder gravitatorio que emana de lo que, más allá de los valores sobre el mérito artístico de cada época, ha consolado u acompañado a muchos; la fuerza de una reliquia o de un clásico. En efecto, cuando lea las Escrituras estará leyendo junto a Cristo, Orígenes, san Agustín, el Maestro Eckhart, santa Teresa, san Juan de la Cruz y Teresita de Lisieux, pero también junto a Emily Dickinson, las hermanas Brontë, Graham Greene o cualquiera de los autores centrales de su tradición personal, todos herederos de un mismo libro. Es imposible saberse sola ante la Biblia. Al comprenderlo, sentirá el impulso incontrolable de abandonar los polvorones y arrojarse contra los hombros de Montse, que recibirá su abrazo pero lo atajará enseguida, diciendo:

—Tienes que empezar a relacionarte más con las otras. Le voy a pedir a la abadesa que te ponga de enfermera, para que conozcas a las viejas.

A Violeta le dolerá el desplante con un dolor muy antiguo, algo que atravesará y segregará ácidos en una región sin órganos en el interior de la caja torácica, pero es que la regla de la orden insiste en que todas deben amarse por igual, evitando cualquier suerte de favoritismo, y resultará evidente que Violeta está forjando una amistad particular con sor Montse, tan seca y a la vez cercana, tan franca como una piedra, como un silicato. Será la persona con la que más horas pase a lo largo de la jornada, y la persona a la que busque cuando el día haya terminado y las demás se retiren al cuarto de la televisión a ver las noticias. La perseguirá con preguntas sobre sus lecturas religiosas e intentará masajearle puntos de presión que alivien el dolor de las lumbares. Belén, con cierta malicia, comentará que Violeta ha perdido el color ceniciento con el que llegó, que tiene las mejillas sonrojadas como una novia en el día de su boda y que, sin duda, la oración hace milagros con los corazones descarriados.

En cuanto termina de llover, Violeta se calza las botas de agua y se adentra en el bosquecillo de eucaliptos que, a poco que sople el viento, parece un simulacro de naipes a punto del derrumbe. Le gusta el sonido de las hojas y el de sus botas al hundirse en el barro, ese sorbido esponjoso que le recuerda al sexo. A medida que avanza, regresan las imágenes de hace apenas un instante: la espalda arqueada de Bea y sus dedos, empapados en saliva, entrando y saliendo de su coño; la boca colmada, todo el tiempo, de zonas suaves, con esa ligera sensación de exceso, de esto es demasiado para no estar prohibido. Rebobina las secuencias para recrearse una última vez en ellas y dejarlas salir por completo, porque colisionan con el lugar al que se dirige. Si no lo hace de esta forma, regresarán más tarde, mientras esté con las piernas hincadas en el reclinatorio intentando que su cabeza se quede en silencio. A tres kilómetros de la casa, en la arboleda que linda con las marismas, hay un pequeño convento cisterciense en cuya iglesia, siempre vacía y casi siempre abierta, se ha aficionado a meditar. Es una iglesia pequeña y humilde, apenas una nave estrecha con las paredes decoradas con frescos del calvario y un único retablo barroco con el pan de oro ennegrecido. Detrás del altar, un enrejado comunica con las zonas de clausura, separando a los fieles de las monjas. A veces, con los ojos entrecerrados, las ve deambular por el fondo como sombras veladas, fantasmas de pies muy ligeros que nunca intervienen en lo que sucede del otro lado.

Al llegar al atrio, se quita las botas embarradas y las deja junto a la puerta. Lleva unos calcetines gordos de repuesto en el bolsillo con los que se calza para abrirse paso en el templo. Apenas entra claridad por las vidrieras; la paloma del Espíritu Santo está opacada por la lluvia. A Violeta le gustan los días así, los días en que se pueden contar los haces exactos de luz que penetran en la oscuridad del interior. Además, las posibilidades de encontrarse con otro ser humano disminuyen radicalmente. Aún se siente insegura cuando la sorprenden llevando a cabo estas meditaciones que combinan súplicas a quien sea que escuche con técnicas de control mental que aprendió de un monje tibetano por internet. Al igual que le sucediera de niña, teme que alguien la señale como intrusa, que alguien le diga tú no puedes, este no es tu sitio, pero es una aprensión que va menguando. Por sugerencia de Bea, ha leído textos medievales en los que la praxis cristiana se confunde en gran medida con las técnicas de meditación de Oriente, y ha encontrado en los Evangelios una mirada que dista mucho de la visión retrógrada y fundamentalista que sus padres asociaban con cualquier discurso católico. Dios es amor, dice Juan, y el amor no pasa nunca, dice Pablo en su primera carta a los corintios. No es tan difícil transformar la Biblia en mantras.

La primera vez que estuvo aquí, la trajo Bea a la misa del domingo y le enseñó los pasos de la liturgia. Para Violeta, que siempre ha vivido de espaldas al rito, hay algo exótico y atractivo en esta fe que se desgrana en una coreografía sencilla.

—¿Sabes que en realidad sí que estás bautizada? —le susurró Bea cuando llegó el momento de comulgar—. Si es por causas justificadas, cualquier persona puede bautizarte. Basta con hacer lo que hizo tu abuela. Echarte agua bendita tres veces mientras pronuncias eso de «en el nombre del Padre, del Hijo y del Espíritu Santo».

A Violeta le entró una risa nerviosa y declinó la invitación de unirse a los fieles que formaban hilera frente altar, pero desde entonces la tienta la idea de persignarse cuando accede al templo. Es posible que se hayan quedado aisladas. Que alejarse de la ciudad las haya alejado de la noción de pertenecer a un grupo, y de ahí el reclamo. No se le olvida que, para la Iglesia de Roma, la vida que llevan es, a todas luces, abominable, pero es que Roma les queda muy lejos y este convento, en cambio, es la construcción más sólida y cercana a su retiro rural.

—¿Acaso no vivimos las tres como en nuestro propio convento?

Es verdad que cultivan la tierra, hacen pastas y son pobres. Lo que no es cierto es que sean siempre tres.

Cuando regresa a casa esa noche, distingue la voz de Paul entre las otras voces que charlan en el porche, bajo las lucecitas solares blancas con las que alumbran la pequeña tarima en la que, a veces, celebran cosas juntas. Antes de dejarse ver, Violeta se agazapa tras los arbustos que delimitan la finca y los observa. Dos mujeres vestidas con ropa de monte desgastada y un hombre que aún no se ha quitado el traje y parece un inspector de Hacienda, un representante de la norma exterior. Pero sus gestos denotan familiaridad. Chiara se sirve una copa de vino y se sienta encima de él. Bea habla con la boca llena, arrogándose el plato de humus, y recibe un manotazo para que lo deje al alcance de los demás sobre la mesa. Parece una escena navideña, la cena familiar a la que se dirige un padre que vuelve extenuado pero satisfecho de su jornada en la fábrica. Durante unos instantes, hasta que la descubren, presencia una configuración geométrica perfecta.

—¡Mira! ¡Por ahí viene nuestra beata!

Los rostros se dirigen hacia Violeta, que los saluda con el brazo y comienza a recorrer el caminito de piedras como si estuviera desfilando ante un público. Paul se zafa de Chiara y baja los escalones para recibirla. Se besan y, por algún motivo, a Violeta solo se le ocurre separarse de sus labios con un reproche.

—Han pasado tres meses.

Paul asiente y la besa de nuevo. Al principio a Violeta le resulta extraño, un sabor desconocido, una presión que no entiende. Tarda unas horas en acostumbrarse a su cuerpo y a sus ritmos, como si todos sus reencuentros fueran, de alguna forma, una primera vez.

—Acompáñame al coche, os he traído unas cosas.

Siempre que las visita, Paul llega cargado con bolsas de la compra, cajas de vino, sucedáneos de carne vegana y sacos de arroz que consigue a buen precio en un supermercado de venta al por mayor que hay cerca del aeropuerto.

—Somos tu obra de beneficencia —le dice Violeta con una sonrisa maliciosa.

—Ya me recompensarás.

—Ah, bueno. Entonces es peor.

A Violeta le encanta que estén juntos los cuatro. Alguna de sus terapeutas opinaría que esta es la consecución de su fantasía infantil de tenerlo todo a la vez: a mamá y papá bajo un mismo techo, con el hermano —o, en este caso, hermana— que nunca llegó. Una fase previa a la superación del Edipo donde el deseo no está limitado, donde no ha tenido que elegir ni descartar. Ella simplemente siente que es un regalo de la edad adulta haberse rodeado de personas tan afines, el resultado de una larga búsqueda, plagada de decepciones y duelos, que ha ido mermando su círculo social hasta decantarlo en una esencia perfecta. Pero lo cierto es que este equilibrio entre los cuatro nunca dura mucho. Chiara tiende a acaparar la conversación rescatando anécdotas de la adolescencia que ambas compartieron con Paul, en un intento, quizás, por incorporar a Bea al pasado, pero esto es obviamente imposible y al final Bea se aburre. Enseguida se disculpa y se retira, no sin antes susurrarle a Violeta al oído que esta noche dormirá con Chiara, que les deja la cama libre. Después de tantos años de secretos y prohibiciones, que resulte tan sencillo, tan adulto y diáfano, la conmueve con una gratitud superlativa. La besa y se despiden, y pronto se despiden también de Chiara, que ya está borracha y diserta sobre el animismo sintoísta o alguna clase de discurso que explica el motivo por el que, cada mañana, lo primero que hace es comunicarse con las piedras que les dan cobijo.

En la penumbra de la habitación, alumbrados apenas por una pequeña lámpara de sal, Paul y ella se besan, todavía con cierta asincronía, como si entre sus cuerpos existiera una barrera invisible y en lugar de tocarse chocaran. Se desnudan y se tumban en la cama bocarriba, el uno junto al otro. Violeta recuesta su cabeza sobre el hombro de él y comienza a masturbarlo muy despacio, apretando más y más a medida que la sangre acude.

—Te he echado mucho de menos —dice Paul.

A Violeta le sobra algo en el pecho, una excitación que no termina de moverse hacia sus caderas.

—Bueno, es lo que hay —responde, y otra vez siente que la traiciona su tono de voz, que no quería ser tirante, pero lo ha sido. Para enmendarlo, y aunque todavía no está lista, se sienta a horcajadas sobre él. Duele un poco, y eso alivia.

Cuando terminan, sobreviene un cierto hipnotismo, una calma que solo es corporal porque su cabeza no para de hablar consigo misma, ensayando lo que le gustaría decirle si acaso le preguntara esa obviedad de «tú en qué piensas»: que con él siempre hay algo que se le escapa, un deseo que no termina de saciarse y se retroalimenta y se hace cada vez más abismo y caída libre. Que cada vez que la visita y se vuelve a ir, la deja en un estado de ansiedad del que tiene que salir como de una gripe, cuidando mucho su alimentación y redoblando las horas que dedica al rezo. Que con él nunca nada es suficiente, vaya, y que es posible, por tanto, que el problema no esté en él. Ni el problema ni la solución. Pero que esto es lo que quiere.

Todo esto lo barrunta en silencio mientras él le acaricia la espalda con la yema de un dedo. Violeta decide concentrarse en ese roce, pero entonces, de pronto:

—Creo que voy a opositar para dar clase en el conservatorio.

Violeta desacopla sus cuerpos y se sienta junto a él, sobre la almohada.

—¿Va en serio?

—Sí. He ahorrado algo de dinero. Para mantenerme mientras me preparo las pruebas. Pero la cuestión es... Si me mudara definitivamente a la ciudad, ¿tú te vendrías a vivir conmigo?

Violeta siente que algo se atrofia a la altura de su entrecejo y lo masajea con fuerza.

—Pero ¿y Bea? ¿Me estás pidiendo que la deje?

—No. Te estoy pidiendo que vivas conmigo como ahora vives con ella. ¿No es posible?

Se imagina pensando en Bea en pasado. Se imagina imaginándola mientras va en el autobús de camino al trabajo de mierda de siempre, con su ropa limpia y sus carpetas con ejercicios para practicar condicionales, sintiendo que, al instante en que la visualiza, el autobús entero huele a ella. Es a Paul a quien se ha habituado a extrañar. No está lista para otro cambio. No es justo.

—¿Y la finca? Hemos construido aquí algo que funciona, Paul. No quiero volver a la vida que llevaba antes. A dar seis clases al día. A repetir la misma estupidez todo el rato. Si al menos el inglés tuviera una gramática compleja, si algo fuera mínimamente divertido o difícil...

—Tú también podrías opositar. No te estoy pidiendo que esto sea de hoy para mañana. Pensaba que era lo que querías.

Y es cierto. Hay una parte de sí misma que lleva más de dos años esperando oír algo así. Hubo un instante, cuando llegó a la finca, en el que lo deseó con todas sus partes al unísono, pero ese instante ya fue. Todo cambia y se renueva demasiado deprisa. Por eso le gusta tenerlo a él como ese elemento estable que siempre ha estado y siempre estará ahí sin desgastarse, sin perder interés ni fuelle ni

sorpresa. No es solo Bea lo que está en juego. No sabe qué será de ellos si cambian esta distancia que nunca sacia por una convivencia que sacie de más. Nunca han pasado más de una semana juntos. Es posible que ni siquiera se conozcan. Que uno de los dos acabe siendo Salma para el otro.
—Necesito pensármelo. Dame un tiempo.
Paul suspira y asiente.
—Lo que necesites.
—Pero estamos bien, ¿verdad? ¿No cambia nada?
Sabe que las cosas cambian todo el rato y que ese es el problema, pero él la abraza y le dice que todo sigue como estaba.

Y entonces se abre la elipsis. Acontece el tiempo que, gelatinoso y húmedo, se escurre como una pastilla de jabón: una semana, seis meses, dos años, y entonces, un día cualquiera, todo se rompe. Sin ningún estallido. Como por efecto de algún tóxico que porta el aire. Es casi simultáneo. Violeta anuncia que va a mudarse a vivir con Paul y Chiara anuncia que se ha enamorado de un hombre al que ha conocido en su curso virtual de poda y Bea dice que ya lo vio todo en sueños y por eso lleva meses planificando su huida. Se va del país. Puede que al Sudeste Asiático. Con mochila. Sin libros. Ella sola. Se miran perplejas. Alguna de las tres, si no las tres, habría esperado una pequeña batalla, algo de resistencia que hiciera justicia a los años que han pasado juntas y erguidas contra la corriente, pero el final no tiene ningún drama. Ese es el drama. Al menos para Violeta. Se abraza a la cintura de Beatriz y le ruega telepáticamente que le ruegue que se quede, que intente hacerla cambiar de opinión, pero solo obtiene una amonestación ligera, quita, quita, como de madre. ¿Por qué están haciendo esto si en realidad todo era perfecto? ¿Por un par de hombres? Resulta ofensivo, si lo piensas; es decir, si lo piensan ellas. Pero la decisión ya está tomada. Paul la espera en un estudio abuhardillado en la parte vieja de la ciudad, en un edificio con estructura de madera que, por las noches, cruje con la vida secreta de la carcoma; algo asequible, prácticamente un chollo, que quizás en un par de años puedan llegar a comprarse, porque los dueños están dispuestos a negociarlo. Violeta ha conseguido un encargo de traducción que le permitirá trabajar desde casa, cuatro o cinco horas cada mañana, para poder dedicarse a estudiar por las tardes. Se ha inscrito en el máster de profesorado de una universidad a distancia y, cuando obtenga el título, comenzará a opositar para enseñar inglés en secundaria. Todavía no es visible para el resto, pero si se separa el pelo en tercios para pasarse la plancha de alisado asoman vetas grises. Parece que ha llegado el futuro y que el futuro exige nuevos planes de futuro, un trazado estable en el que asentarse sin demasiados sobresaltos durante lo que les reste de vida.

—Eso de ser hippie se pasa con la edad. Es ley de vida —le dice su madre, que acaba de salir del hospital por una operación de cataratas y, por primera vez, elucubra sobre la posibilidad de volver a la Península para estar más cerca de ella—. Al final de tus días, te das cuenta de que lo más importante es la familia.

Violeta pone los ojos en blanco, pero no dice nada. Si algo tiene claro es que no piensa cuidar de su madre cuando deje de valerse por sí misma, esté donde esté. Al morir, el novio aquel le legó la casa en la que aún vive, y si la vende podrá pagarse una residencia donde la traten como a un ser humano, o eso espera. Las cuentas simbólicas entre ambas están saldadas. Pero le vienen a la cabeza, con una picazón de nostalgia, las bromas que alguna vez hicieron Bea, Chiara, Paul y ella sobre su propia vejez, los planes de transformar la casa común, algún día, en un geriátrico a su medida, compartiendo enfermeras, gastos y cuidados. De verdad llegó a pensar que acabarían los cuatro junto bajo un mismo techo. Prematuramente vieja, se dio cuenta de que lo más importante era la familia. «Ved qué bueno es, qué agradable, / que vivan los hermanos unidos». Leyó estos versos del salmo 133 inscritos en uno de los anuncios del tablón informativo de la iglesia y enseguida adivinó la desesperación que subyacía. Al parecer, los conventos de la orden se están vaciando y buscan personal laico con el que revivirlos. Su pequeña comunidad de tres no es la única que agoniza.

Ahora, los lugares de paso están llenos de objetos que han dejado de ocupar el lugar donde arraigaban. Es como si la casa se hubiera abierto en canal y mostrara sus vísceras. Hay montañas de libros en el pasillo y pósits con el nombre de Bea, Violeta o Chiara sobre lamparitas, espejos, almohadas e incluso cables. Tienen una discusión sobre quién es la dueña legítima del cable del proyector con el que han visionado tantas películas sobre la pared desnuda del salón, y al final, en un ataque de rabia, Beatriz lo arroja a la compostera, en la que ninguna de las tres se atreve a meter las manos. En ese instante se miran y, todavía capaces de actuar como un único organismo, abandonan las tareas de limpieza y acuden en fila india a la cocina. Por suerte, les queda vino.

—Igual todavía estamos a tiempo de cambiar de idea... —se aventura a decir Violeta a media voz, pero Bea la interrumpe.

—Sabes que no es así. Pero ya está. No es una tragedia.

—Hemos sido muy felices, y ahora seguimos camino —concluye Chiara con su inclinación por lo sentencioso.

Su nuevo novio vive en una urbanización con piscina, parches de césped y rosales, en el extrarradio de la capital de la provincia. Violeta no es capaz de imaginársela en un lugar así, cargando las bolsas del supermercado hasta el ascensor, sujetándole la puerta a una vecina, con las manos y las uñas limpias, cuidándose de ensuciar las zonas comunes. Pero es evidente que algo se le ha escapado. Que, en algún momento, Chiara se hartó de que fueran siempre otras las que gemían en la habitación contigua y empezaron a importarle los sabañones que en invierno le salían en los nudillos, las moscas que no conseguía ahuyentar en verano, los olores de la fosa séptica, el dolor de lumbares crónico por trabajar en una huerta que ya no era una aspiración ni un hobby, sino un trabajo a tiempo completo, y el racionamiento de las cosas más insignificantes, como el papel higiénico o los bastoncillos de algodón. A ella también le han salido canas, y a Violeta se le ocurre que en cuanto viva con un hombre se las teñirá con vergüenza.

Con los ojos llenos de lágrimas, se acerca a su amiga y le acaricia el pelo, colocándole los mechones que le tapan la cara detrás de las orejas.

—Prométeme que no te teñirás el pelo.

—Pero ¿por qué iba a hacer eso? Violeta, tía, estás muy rara. Ven aquí. —Le apoya la cabeza sobre su pecho y la aprieta fuerte—. ¿Te acuerdas de lo mucho que odiabas este sitio cuando llegaste? Lo llamabas «Mansfield Park, tu resort de aburrimiento integral». Juraste que no aguantarías en él dos meses. Y luego te acostumbraste. Y aprendiste a quererlo. Y ahora te cuesta desprenderte porque es un territorio conocido y seguro, y tienes miedo, pero se te pasará. Siempre es lo mismo contigo. ¡Si cuando terminaste el instituto ni siquiera querías marcharte de casa de tu madre!

A Violeta no le queda más remedio que reírse y lo hace, asintiendo a las palabras de Chiara, pero hacia dentro... protesta: no es la casa; es la vida a tres lo que va a extrañar. Una simple cuestión numérica. Ama a Paul, pero a su lado serán dos. Como fueron dos Salma y ella. Como lo fue junto a su madre. Conoce ese número y lo que implica, la fusión y el aislamiento y, por necesidad, la dependencia profunda, desesperada, que lo transforma todo en coacción. El número dos la vampiriza, la vuelve un organismo enganchado a las transfusiones de sangre de otro que, en cualquier momento, puede elegir desecharla. Pero no tiene sentido expresar esto, porque es verdad que la decisión ya está tomada; a fuerza de posponer la negativa, las fichas se han ido moviendo a su alrededor hasta conformar un cerco del que ya no puede salir.

Se despega del pecho de Chiara y descubre que Bea se ha marchado. Escuchan sus pasos correteando por el pasillo, cajones que se abren y se cierran, y, de pronto, un grito acompañado de un improperio.

—¿Estás bien? —preguntan las dos al unísono.

—Sí, joder, un segundo.

Bea irrumpe en la cocina con la mano izquierda empapada en sangre y un cuchillo en la derecha. Chiara se levanta para socorrerla, pero Violeta enseguida entiende lo que está pasando.

—Vamos a hacerlo. Esta vez lo vamos a hacer bien.

Chiara las mira sin entender nada y pega un grito cuando Violeta se hace con el cuchillo y secunda el corte.

—Violeta, has sido mi amiga y mi mujer durante estos años, y ahora serás mi hermana de por vida.

Violeta repite las palabras de Bea de forma atragantada, parando entre sílabas para reírse y sorberse los mocos, y entonces, al fin, juntan sus palmas.

—Venga, ahora te toca a ti, Chiara, ¿te apuntas?

—Yo no pienso cortarme —dice.

—Pues entonces, bebe.

Y le ofrecen su sangre.

Llegará la Navidad y, con las fiestas, habrá música a todas horas. Los ensayos habrán comenzado semanas antes, con el órgano y las voces del coro abriéndose paso entre las tareas cotidianas, mientras Violeta monde patatas o limpie el horno o las extremidades de una monja con parálisis cerebral a la que visitará por las tardes. La voz aireada y dulce de sor Marta, la monja que a diario se encargará de las partes cantadas de la liturgia, parecerá distinta, con un empaque nuevo y ceremonioso que, por momentos, le infundirá miedo. Retumbará de pronto el convento como si Dios hubiera llegado con su juicio, y Violeta se sentirá pequeña y desbordada, insuficiente.

—¿Vas a ir a casa por Navidad? —le preguntará Belén en el refectorio.

Ella dirá que no con la cabeza. Tampoco tendrá a dónde ir, a dónde volver. No habrá recibido un solo mensaje de su madre en esos meses y sus intercambios con Chiara y con Bea se habrán ido espaciando hasta volverse prácticamente inexistentes. No le estará permitido utilizar su teléfono durante el día, y a menudo llegará de noche a su celda demasiado cansada para encargarse del exterior, cuyas vicisitudes le resultarán cada vez más extrañas, desconectadas de lo tangible. Bea compartirá instantáneas de alguna nueva selva en algún nuevo lugar del mundo a través de mensajes impersonales que le parecerán de copiar y pegar; Chiara se quejará de su trabajo de oficina, de su novio, de esa vida asimilada que ella misma eligió y que, por mucho que critique, no estará dispuesta a cambiar por miedo. Violeta tendrá la sensación de que la gente ahí fuera se queja por costumbre, por inercia, por tener algo de lo que hablar. Queja tras queja tras queja sin que las asista ninguna vocación de enmienda. Asimismo, habrá algo en el sonido del órgano, en su parentesco con el instrumento que toca Paul, que hará que este irrumpa en su cabeza cada vez que su cabeza esté en reposo. Con el paso de los meses, las tareas se habrán automatizado y ya no requerirán de su atención completa, por lo que el runrún de pensamientos intrusivos será una especie de contradanza, un hilo musical secreto que suene al ritmo de los ensayos en la capilla.

—No estoy bien. Me siento como cuando llegué aquí, como si hubiera una presión dentro de mi cuerpo que fuera a hacerlo estallar.

Acudirá a sor Montse en busca de consuelo, y esta, en lo que Violeta sentirá como una deslealtad, la remitirá a la maestra de novicias, que es la encargada de orientar a las jóvenes con dudas de fe.

—¡Pero esa mujer nos odia!

—¿Cómo dices? ¿Que odia a quiénes?

—A las externas. Lo sabes perfectamente. Nos mira con esa cara como de asco, por encima del hombro, y siempre está con eso de que ensuciamos más que limpiamos.

—Violeta, es una cosa muy fuerte acusar a alguien de que te odia. ¿Vas a ir a casa por vacaciones? Igual te viene bien cambiar de aires.

El día antes de Navidad, es decir, el día antes de que las externas queden libres por quince días, recibirán una monserga por parte de la abadesa, que se dirigirá a ellas durante los postres de la comida especial que habrán celebrado como despedida.

—Aunque vosotras estéis aquí sin haber hecho votos, es importante que recordéis vuestro compromiso con la orden y obréis de acuerdo con los valores de la regla. Esto implica, por ejemplo, que no volváis con la maleta cargada de cosas que no os hacen falta. Si a alguien se le han roto los zapatos, que pida otros, pero no quiero que nadie llegue con un armario nuevo de ropa para ponerse un modelito distinto cada día. Si lo hacéis, sabed que repartiremos vuestros excedentes entre la congregación, o los donaremos a los pobres. ¿Entendido?

Las doce externas asentirán al unísono como una clase de colegialas obedientes y la abadesa procederá a repartirles su nuevo calendario de tareas para el año entrante. Al reparar en su hoja, Violeta descubrirá con asombro que la retiran de la cocina y de sor Montse. La reubicarán en el invernadero por las mañanas y asistiendo a nuevas enfermas por las tardes. Sentirá que se trata de un castigo e, incapaz de entender cuál ha sido su falta, comenzará a temblar en sus cimientos, y algo colisionará y de pronto se habrá roto.

—Violeta, ¿estás bien? ¿Por qué lloras?

Se llevará la mano al pecho, incapaz de respirar, y el techo con artesonado se le vendrá encima. Será un techo fantasma, un techo de sustancia sin materia, que atravesará las barreras de la carne y se le meterá en el cuerpo, como una sombra. Comenzará a gritar que se lo saquen, que por favor se lo saquen de las entrañas, y se caerá de la silla y convulsionará en el suelo como una cucaracha a la que no se ha pisado con la debida fuerza. Las monjas que acudirán a asistirla tendrán los rostros deformados como en una película de terror conventual. Serán demonios, todas ellas, y Violeta les escupirá a la cara para ahuyentarlas. Después, en algún momento, se oirá gritar a sí misma que no quiere un psiquiatra sino un exorcismo, pero sus palabras tendrán el peso justo del aire que las porta, y alguien soplará con fuerza, y se apagará una llama, y la oscuridad será infinita y será un portal que la transportará a otra fase.

El psiquiatra le explicará el concepto de la psicosis de meditación. Es habitual, dirá con su contundencia de experto y sus sibilantes llenas de salivajos, entre los típicos guiris occidentales que se van a Oriente y, sin preparación previa, se sumergen en maratones introspectivas, horas de privación sensorial con los ojos cerrados y un mantra que bloquea cualquier input. Dirá «input» y a Violeta se le girarán los ojos hacia el interior de las cuencas. Dirá «delirios» y ella pensará en visiones trascendentales, pero, al mismo tiempo, entenderá lo que pretende, el lugar al que se dirige, y no le resultará del todo errado. Es verdad, concederá al fin, que sor Montse tenía razón cuando afirmaba que no estaban preparadas, ninguna de ellas, para la experiencia inmersiva de la oración y el encierro, pero es que Violeta, además, llegaba con muchas capas de material sin sedimentar; intentó diluir el pasado en la bruma del trance sin haberlo previamente comprendido. Ahora querrá hacerlo. Querrá desanudar el ovillo y narrarse a sí misma en un orden que, sin ser el cronológico, sea el que acierte a desentrañar la compleja maraña de causas y consecuencias que la han traído hasta aquí, hasta este hospital gestionado por una congregación eclesiástica que seguirá recordando a un convento, uno de factura neoclásica y suelo de mosaicos en los pasillos, pero con la misma disposición cerrada en torno a un patio con naranjos y las mismas galerías y pórticos desde los que contemplar la oscilación de las sombras. Habrá despertado de su letargo farmacológico para descubrir que las monjas ya no la esperan de regreso. Que la han liberado de su contrato y vuelve a ser dueña de su herencia y de sus horas. Tras el desconcierto inicial, se sentirá ligeramente eufórica, como si todo se hubiera rebobinado y ella se encontrara de nuevo ante la encrucijada, a punto de escoger, quién sabe si esta vez con mejor tino, el devenir de los años que le restan. Le habrán hecho firmar un acuerdo de confidencialidad bajo el que se comprometerá a no desvelar su experiencia en los medios, y entonces habrán llamado a su madre, que volverá a quererla ahora que su opción vital no le resulta tan incómoda.

—Hija.

—Mamá.

Se mirarán largo rato en esta posición de asimetría, ella en pie y Violeta postrada, sin atreverse a despegar los labios. Al final, en un giro dramático que nunca habría previsto, su madre romperá a llorar.

—¡Mamá!

—Hija...

Será ligeramente absurdo, porque su madre habrá venido con los ojos maquillados para un cabaret y comenzarán a caerle lagrimones negros como en una aparición apocalíptica; una Virgen vieja que llora betún, ¿qué buenas os traéis? Tomará sus manos entre las suyas y las notará muy frías y suaves y traslúcidas. Se preguntará cuánto de esta mujer a la que tanto ha negado hay en ella, y cuánto de los padres de esta, a los que apenas conoció pero vivieron vidas de brutalidad y escasez, de olvido en los márgenes que no se narran y que son de hambre y ceguera y castigo a latigazos con el cuerpo amarrado al cuerpo del arado. Sus abuelos nunca hablaban de su infancia porque esta se había quedado fuera de la historia, sin que la guerra los impactara ni para bien ni para mal, y sin más épica que la de la supervivencia en crudo y un par de bebés muertos y puede que algún incesto sobre el que ya nadie podrá hacer justicia. Carecían de contexto salvo para ser, quizás, personajes de Emily Brontë, salvajes del páramo que solo se redimirían en las generaciones posteriores, cuando alguno de sus descendientes aprendiera a leer la Biblia. O a leer.

Violeta sentirá de pronto que ha venido a cerrar la saga. Ella, que no tiene hermanos ni tampoco tendrá hijos, será la última.

—Te he traído un bocata de pepinillos con veganesa.

Le entrará una risa fuerte como no está contemplada entre la emocionalidad que permiten los antipsicóticos. Será quizás la primera vez en su vida que su madre recuerde que es vegetariana. Será quizás la última.

—Necesito que me digas si esas monjas te han maltratado, porque te juro que estoy dispuesta a gastarme la herencia que querías regalarles en ir a por ellas.

Violeta la tranquilizará, reconociendo, eso sí, algún desplante, alguna pequeña inquina que, bajo la excusa del enemigo común, las pueda acercar y hacer más íntimo este momento. Acabarán hablando de su padre, de la bendición que habrá sido que esto que hizo lo pillara muerto, y volverán a reírse y un celador intervendrá para pedirles que bajen la voz. Entonces Teresa, que también las madres tienen nombre, le contará que ha vuelto a la Península. Que vendió la casa del novio muerto y, con el dinero que sacó, se compró una nueva en la ciudad, a escasos metros de su casa de siempre, en un edificio centenario, de estructura de madera y con un vecindario ruidoso como el que ella conoció de niña. Le dirá que lo hizo para esperarla, para que tuviera un lugar al que volver si alguna vez salía. A Violeta se le atascará la gratitud en la garganta, y también habrá un poco de rechazo, de resistencia a este nuevo relato sobre una madre que quizás no sea tan odiosa, al fin y al cabo.

—¿Sabes? Cuando estaba en el convento tenía un sueño recurrente. Íbamos papá, tú yo en el coche y de pronto os decía que paráramos junto a un barranco a hacer pis. Primero iba yo, y salía ilesa, y luego ibas tú y te despeñabas. Cuando no volvías y papá me preguntaba qué había pasado, yo le respondía que te habías ido con tu amante francés, y él decía con resignación que siempre había sabido que algún día nos abandonarías porque a él se le daba fatal hablar ese idioma.

—Y es verdad que se le daba fatal. Veinte años viviendo en Baiona y pronunciaba peor que yo, que aprendí lo básico con las monjitas.

—Ya, pero lo cierto es que me alegro de que seas tú quien sigue viva.

—Ay, hija. No es muy cristiano decir eso, ¿eh?

—Lo sé, pero es que a mí todavía me hicieron esa pregunta de mierda, ¿a quién quieres más, a mamá o a papá? Y yo siempre decía que a mamá.

—Pues como todos los niños. Qué tontería.

Acontecerá un silencio que dé por hecho el fin de la visita, esa conciencia del tiempo que ha pasado y que ya no da para más. Su madre cogerá su abrigo y buscará un espejo en el que recomponerse un poco el rostro. Desde el interior del cuarto de baño cuya puerta dejará abierta, mientras se limpia los cercos de rímel con un pedazo humedecido de algodón, mencionará, como si se tratara de un detalle muy secundario, algo que se le habrá quedado entre los dientes.

—¿Has hablado con Paul? Me ha escrito varias veces.

—¿Que te ha escrito a ti? No sabía ni que tuviera tu teléfono.

—Ay, Violeta. Me ha escrito siempre. Sobre todo durante aquella época tan larga en la que estuvisteis sin hablaros. Casi todas las semanas. Sois, la verdad, bastante agotadores. Como críos.

Sentirá que algo la estruja y la escurre, que gotea excedentes negros por las extremidades y hace un charquito a los pies de la cama. Resultará que se olvidó del mundo y el mundo no se olvidó de ella. O que su madre y Paul, al menos, no lo hicieron. Ahora será Violeta quien tenga ganas de llorar, quien se interrogue sobre todo aquello de lo que renegó con tanta vehemencia, como el amor romántico, como la humillación de una vida que no fuera especial, como la familia.

—Gracias por decírmelo, mamá.

Su madre hará un gesto como de quitarse importancia a sí misma mientras revisa el contenido de su cartera, el bono del metro, las tarjetas, el billete de lotería y la estampita de la Virgen del Carmen, con su aureola de estrellas y su precioso bebé en brazos, que le regaló el novio muerto antes de morir. Este detalle, por supuesto, jamás lo compartirá con Violeta, pero se habrá vuelto incapaz, tras abandonar Mallorca, de salir a la calle sin asegurarse de que la imagen sale con ella. Será una especie de pacto hecho consigo misma y con su memoria, que pronto será débil, y tendrá mil argumentos para quienquiera que pregunte sobre el motivo por el que este gesto no tiene absolutamente nada que ver con la fe sino quizás, tal vez, mínimamente, con la superstición de que nos perseguirá de vida en vida aquello a lo que decidimos aferrarnos.

Es su primer día de clase en un nuevo colegio, en el público, en el del barrio. El anterior, demasiado caro y demasiado lejos ahora que su padre se llevó el coche y debe mantener dos casas y dos familias, quedó impertérrito en la pequeña loma que coronaba, insensible a la deserción de Violeta a pesar de que esta, literalmente, se dejó la sangre en el terreno. Ese lugar ha inscrito su cuerpo en su primera década de vida: una brecha de tres puntos en el codo izquierdo por correr demasiado deprisa por el caminito empedrado hacia la entrada; una desviación por fortuna apenas perceptible en su tabique nasal, de cuando Antonia Puente, aquella niña incontenible, le arrojó un palo a la cabeza; innumerables rasguños y abrasiones contra el césped del patio y contra el caucho colorido de la zona de columpios; el labio abierto como un buñuelo contra la esquina de una ventana abierta. Al despedirse en junio de sus mejores amigas, que ya no tendrán nombre, juraron que su amor sería eterno, que se escribirían postales desde sus puertos veraniegos, que se invitarían a sus cumpleaños futuros; que sus hijos, algún día, se casarían entre sí. Pero, después de casi tres meses de distancia, apenas se recuerdan mutuamente y nadie la echará en falta durante el trasiego de mochilas y cuadernos vírgenes, asignación de pupitres y sorprendentes cambios corporales.

Violeta entra en su nuevo centro como en una colonia penitenciaria, consciente de estar allí por un delito, por la falta imperdonable de haber destrozado, sin saber muy bien cómo, su propia familia. Y tiene sentido, por el hormigón de la fachada y el cemento del patio y las ventanas diminutas, que esto sea, en efecto, un trasunto carcelario.

—Los que venís de la privada os sentáis en primera fila —le dice un niño avieso como un demonio, todo en él demasiado adulto, desde la sonrisa cínica hasta la vestimenta de pantalón de pana y camisa a cuadros, y Violeta tarda unos instantes en comprender que no se dirige solo a ella.

—Me sentaré donde me plazca —dice a sus espaldas una voz tan dulce como resuelta, y el niño enemigo, el niño carcelero, se burla de su timbre y de su léxico.

—*Donde me plazca, donde me plazca.* Pero menudo bujarrón.

Violeta, que desconoce las connotaciones de esa palabra, se gira cautelosa hacia el desconocido que ocupará el pupitre colindante al suyo, el pupitre que este niño con la autoridad de un amo les acaba de asignar sin preguntarles siquiera sus nombres, y se topa con una silueta cadavérica, huesuda y pálida, que ha tenido la idea paródica o simplemente pésima de vestirse completamente de negro. ¿No tendrá una madre que le diga que esto no le favorece?, se pregunta Violeta, más redicha de lo que acostumbra, y, mientras lo escruta sin disimulo, él le tiende una mano, como si fuera un señor en una entrevista laboral, y se presenta.

—Encantado, soy Paul.

Violeta constata que a este chico no se lo van a poner fácil y se compadece de sí misma: le va a tocar abrirse camino en la jungla con una presa que sangra a su costado. Procura no mirarlo, fingir que no está, pero, al final, ella es como es y siempre le hace falta un lápiz, porque el suyo se ha quedado sin punta, o que le traduzcan lo que pone en el enunciado, porque aún quedan varios años para que su madre, que está sin estar, repare en que tiene que ir al oculista y ponerse gafas, o requiere de alguien que entienda un chiste, algo muy ingenioso para provenir de un cuerpo de once años, sobre ese texto del *Don Juan Tenorio* que les mandan recitar en voz alta o ese romance medieval donde un niño dice «coitado» en lugar de «cuitado» y ellos dos son los únicos que se ríen. Lo cierto es que Paul, que no solo es la persona de su edad más inteligente que haya conocido nunca, sino también la más atenta en cualquier tramo de edad, silencioso si no lo importunan pero siempre al alcance de un deseo, comienza a resultarle indispensable. Lo llama por teléfono para hacer los deberes juntos, para comentar los chismorreos del día o la serie de televisión que ven con sus madres los martes por la noche sobre una chica universitaria que empieza la carrera de Medicina y le manda cintas de audio a su mejor amiga en el pueblo. Su relación es discreta durante las horas de clase, donde Violeta aún se esfuerza por esquivar las burlas grupales que tienden a dirigirse contra él, pero desbocadamente intensa en la intimidad de su casa y su teléfono inalámbrico, que le permite llevarse la voz de Paul consigo de habitación en habitación mientras da respuesta a los reclamos de su madre: tráeme un vaso de agua que estoy sin líquido en el cuerpo, ¿no lo ves?, me estoy quedando seca de tanto llorar, o friega los platos o prepara un sándwich con lechuga, tomate y queso para las dos.

Paul tampoco vive con su padre, pero porque este murió de un infarto el verano anterior. Su madre sobrelleva el duelo de una forma más discreta, somatizándolo a través de cefaleas que la postran en su habitación a oscuras. Durante sus crisis, ella no pide nada; no come, ni bebe, ni firma las autorizaciones para las salidas del colegio, que Paul se ha acostumbrado a falsificar con un pulso impecable. En un par de años, esta habilidad le permitirá prestar un servicio codiciado a los que ahora le dejan cercos de Super Glue en la silla, y entrará en la adolescencia con mejor reputación de la que acarrea en los estertores de su infancia. Ahora mismo, no lo tiene fácil por esos modales como de señor de otra época, ni por su disposición a quedarse quieto y tranquilo y preferiblemente solo frente a las canchas de baloncesto durante el recreo, ni, sobre todo, por sus dotes como de otro mundo para hacer algo que los demás no saben hacer, algo que lo absorbe y distingue, y vuelve especial ante los profesores, que cuchichean a sus espaldas, mira, ese es el niño genio, el del piano, cuando resulta consabido que la regla principal de la colonia penitenciaria es que todos deben ser exactamente iguales.

Al finalizar el trimestre, la escuela de música a la que Paul pertenece, que ocupa las instalaciones del colegio por las tardes, ofrece un recital de Navidad en el paraninfo, y Violeta acude, junto al resto de sus compañeros, a escucharlo. El acto parece diseñado para el escarnio de los mediocres, es decir, de todos aquellos alumnos que no son el propio Paul, a quien han dejado para el final con un repertorio de tres piezas. Frente al piano de cola antiguo, con los graves desafinados que, por fortuna, quedan fuera del alcance de la mayoría, desfilan decenas de alumnos con las manos temblorosas y crispadas. Chapurrean sus estudios de Bertini, se atascan, se desdicen, se despiden de la inteligibilidad de la melodía y alcanzan su cadencia perfecta entre sudores. Algunos sacan el violín o la viola y es mucho peor; el sonido agonizante y ronco hace que estallen las risas del auditorio, incluso las de los adultos, que no saben lo difícil que es timbrar la cuerda ni el motivo por el que algunos padres someten a sus hijos a la crueldad de constatar su falta de talento en público. Cuando llega el turno de Paul, impera un espíritu alegre, frívolo, como de familia que se ha reunido para ver uno de esos programas con *sketches* sobre tropiezos y resbalones chistosos. Mientras ajusta la banqueta a su altura y seca las teclas con un pañito verde, Violeta se imagina en su pellejo y contiene la respiración. Lleva su uniforme habitual de camiseta de algodón negra y vaqueros oscuros, y, cuando se sienta al piano, el atuendo cobra de pronto sentido, diluyendo la ilusión que separa al instrumento del instrumentista. Ay, Paul, susurra para sí Violeta, hazlo genial aunque luego te odien. Y entonces comienzan a caer las notas como si provinieran del techo; acordes suaves, bien timbrados y algo etéreos por el sonido del pedal de resonancia que ninguno de los alumnos anteriores se había atrevido a meter. Paul encorva la espalda sobre el piano y su cabeza queda hundida, como si intentara desaparecer entre las teclas. El vaivén del pedal lo sacude rítmicamente como un tic nervioso y comienzan las risas, pero duran lo que tardan en llegar las florituras, los grupos irregulares con los que recorre el teclado en escalas rapidísimas con la mano derecha, mientras la izquierda persiste en un ritmo machacón, de marcha fúnebre. Se suceden entonces las exclamaciones, como ante un espectáculo circense, y pronto se adueñará de la sala un silencio inquieto, de cuánto falta, porque la perfección, cuando no deslumbra, aburre.

Pero Violeta no está aburrida. Al contrario. Observa el cuerpo diminuto de Paul, la curvatura de su espalda y el modo en que avanza y se repliega al ritmo de un oleaje interno, con una fascinación hipnótica. Se siente como si estuviera presenciando un milagro, algo mareada y fuera de sí misma, en suspensión, muy ligera. Si conociera el alcohol, se declararía borracha. Le admira que Paul sea tan silencioso y pequeño a expensas del sonido que es capaz de hacer brotar con sus dedos. Si ella fuera tan buena en algo, seguro que alardearía de ello continuamente, y caminaría con un aplomo que rompería las baldosas del pasillo. Ahora bien, le preocupa que Paul no vuelva a ser Paul después de esto. Que cambie su forma de mirarlo y se avergüence en su presencia, porque ella no sobresale en nada. Este podría ser el instante en el que se abre paso la envidia, pero en su lugar se gesta la simbiosis. Se dice que, en adelante, todo lo que él logre lo logrará también ella, porque es obvio que lo ama, aunque aún no sabe de qué forma, y están unidos por un vínculo irrompible. A través de Paul será distinta y brillante, por contaminación o contagio, y, a cambio, ella le ofrecerá su lealtad, su amistad de libro, hasta que la muerte los separe.

Cuando termina de tocar, se abre paso entre la gente, va a su encuentro y lo coge de la mano. Para que todos lo sepan.

Hará las cosas como las hace siempre, sin planificarlas, a golpe de impulso.

—Necesito verte. ¿Dónde estás?

—En casa...

—Pues dame tu dirección.

Saldrá corriendo, y a mitad de camino le entrarán las dudas. Se detendrá en la sección de cosmética de un centro comercial para maquillarse con los productos de prueba. Las dependientas la mirarán con suspicacia y ella les preguntará si le favorece más el rosa o el rojo.

—Es importante —les dirá con una sonrisa, con la sangre concentrada en las mejillas, con el oxígeno estallando con fuerza en cada uno de sus capilares periféricos.

—Con tu tono de piel, te va mejor el rojo.

Habrá al fin entendido y aceptado el regalo. Que después de tantos desvíos, de tanta indecisión y abandono, él siempre la espera. Paul, que habrá respondido a su llamada de auxilio como si no hubiera pasado un convento, será lo que no fue su padre, ni sus otras amantes, ni su madre hasta que no sintió la amenaza y el tiempo de descuento al acecho. Se habrá pasado veinte años poniéndolo a prueba para comprobar que sí, que resiste, que no hay condiciones. Que existe un amor a prueba de la vergüenza de estar viva. Una forma de saciar el vacío de Dios con algo tangible, antes de Dios. El psiquiatra le habrá hablado de la fase hipomaníaca y ella descartará el concepto como quien cierra una ventana del explorador en el aire. Inhalará todas las luces del techo y saldrá refulgente, a irradiar contra el asfalto.

La ciudad estará fría y con las estructuras de los árboles navideños a la vista, en proceso de retirada. Asomará el año nuevo a través de los montones de cartón que exceden los contenedores, los anuncios de rebajas y la puesta de sol con paleta de ocres a primera hora de la tarde. Violeta decidirá evitar el metro y atravesará las calles del centro para dejar atrás la periferia de la que proviene y echarse a la periferia a la que se dirige. En su cabeza, que necesitará centrarse en algo, discutirá con Chiara, recordando una escena lejana, a principios de la treintena, en la que su amiga la confrontaba con metáforas de enfermedad y neurotóxicos para describir su relación con Paul.

—Hablando de neurotóxicos. ¿Sabes que el flúor, eso que le echan al agua supuestamente para evitar las caries, inhibe la glándula pineal y nos vuelve sumisos y obedientes?

—Chiara, tía, estás fatal. ¿Qué tiene que ver eso con Paul?

—Que yo te hable de control social y tú sigas pensando en él nos da una idea del problema. Mira, tienes que dejar de recaer. Escribir una carta de duelo, por ejemplo, en la que te despidas para siempre, y luego la quemas en las hogueras de San Juan y así el inconsciente recibe la orden.

—¿Y si lo enfermizo es lo contrario? ¿Fingir que las cosas terminan y no están continuamente volviendo?

—Solo hay que fijarse en los resultados de las elecciones vascas: a los dos años de retirar el flúor del agua potable, el partido conservador estuvo a punto de perder su hegemonía ante la izquierda.

—Ay, mira, déjame en paz.

Sabrá que Chiara no secundaría lo que está a punto de hacer, porque Chiara no cree en la persistencia del pasado, y eso, en realidad, será un alivio; pronto se cansará de su novio extrarradial y lo intercambiará sin demasiado aferramiento por la siguiente aventura inopinada, quizás, esta vez, con suerte, más cerca de donde habite Violeta. Quizás, también, con suerte, en un radio al alcance de donde los pies de Bea decidan frenar su inercia. Según recorra la ciudad a la carrera y con el vaho fantasmeándole el rostro, Violeta se sentirá dispuesta al optimismo; dispuesta a reconquistarlo todo.

Por el momento, llegará a un barrio que apenas conoce y habrá caminado tan deprisa que necesitará sentarse en un banco a cotejar las coordenadas en el mapa. El alumbrado resultará pobre, mortecino, como de película de gángsteres, y el vacío en las calles de nuevo trazado, idénticas y en cuadrícula, será como la intuición de un peligro. Pero no estará perdida. Según el GPS, distarán seis metros del final de su trayecto. Tras una de esas fachadas ergonómicas y con sus piezas al aire como construcciones de un juego infantil, se esconderá Paul. Intentará adivinar cuál de las ventanas que muestran luz en su interior es la suya y procrastinará con cábalas supersticiosas de las que la ocupaban de niña, y también de adulta, como resulta obvio: si es la tercera a la izquierda del segundo piso, todo irá bien. Algo en su combustión interna se habrá apagado o enmudecido. Le costará controlar el temblor de sus manos mientras se dirija hacia el portal, e inhalará tras una larga apnea cuando escuche al fin la voz de Paul a través del telefonillo, diciéndole que la puerta es suya.

Las escaleras crecerán a cada paso, altísimas e inestables como bloques desprendidos de un iceberg en mitad del océano. Tendrá amnesia, de por vida, del trayecto que habrá hecho desde su casa hasta el descansillo, con un felpudo que rezará un chiste y que no tendrá ninguna gracia. Al fin, por fin, el timbre y al fin su rostro, y su cuerpo, más robusto de lo que recordaba, y su olor inconfundible, que no olvidaría bajo tortura. La abrazará sobre el umbral, sobre la línea imaginaria que separa lo que está dentro de lo que está fuera, y confirmarán con las palmas bien abiertas de sus manos la permanencia de sus respectivos omóplatos y crestas sacras; se asegurarán de que siguen de carne y hueso antes de besarse, porque es posible que los fantasmas también puedan besarse a pesar de no tener un cuerpo. Y entonces:

—¿Puedo pasar?

Aparecerá otra figura en la retaguardia, el rostro de un hombre rubio y guapo y con la barba atildadísima, recortado sobre el hombro de Paul, a una distancia que permitirá apreciar que sus ojos están enrojecidos por el llanto pero que, pese a todo, la recibirá con una sonrisa.

—Así que tú eres Violeta.

Paul le estirará la camisa, que se le habrá levantado por encima del ombligo, y se cuadrará junto a este hombre, bloqueando ambos el acceso a la casa como dos guardias de seguridad en la puerta de una fiesta a la que no ha sido invitada.

—Este es Adrián, mi novio —dirá Paul con la mirada puesta en el suelo—. Es que has venido tan de sopetón que no me has dejado explicarte...

Violeta atisbará entre sus cuerpos un pasillo estrecho con una luz cálida y litografías de arte japonés decorando las paredes. Desde el trasfondo al que no tiene acceso, le llegará el rumor de una canción conocida, algo de metal de los dosmiles, que le hará sonreír, en su disonancia atmosférica, con una suerte de nostalgia y ternura desbordantes.

—Pero ¿me vais a dejar entrar?

—Claro —dirá Paul.

—Bueno —matizará el otro—. Si entras, tienes que prometer que esta vez no volverás a marcharte.

Violeta, a quien las emociones se le habrán quedado en cola y solo sentirá una congoja con garras arañándole la pleura, reventará en hipidos y lágrimas y solo podrá asentir.

—Os juro que, si me dejáis entrar, me quedaré para siempre —dirá finalmente, y los hombres se abrirán como una puerta de dos hojas y el umbral la tragará y será catapultada a través del pasillo hasta llegar al origen de la música.

Agradecimientos

Quiero abrazar a todas las personas que me han acompañado y sostenido durante el tiempo en el que estuve inmersa en este texto que, en algunos momentos, estuvo a punto de engullirme. Este libro también es para ellas.

Un agradecimiento especial a las amigas que tuvieron la gentileza de leerse el manuscrito inicial y quitarme los miedos: Elisabeth Falomir (sin cuya aprobación no me atrevo ni a escribir la lista de la compra), Rakel Canales, Katixa Agirre, Pablo Martínez y Ana de la Cruz (que las madres también tienen nombre y la mía, además, es una superlectora).

Gracias a Anthony Stark, cuya obra no solo aparece en la portada, sino que ha inspirado mucho de estas páginas; a Arabela de Cabo, por la mística, y a Enrique Olmos, por abrirme las puertas de su casa en México, que es un país que siempre me tira de la lengua y de los dedos.

Y gracias miles a mi editora, Carme Riera, por haber creído en el proyecto antes que yo, y por sus aportaciones y sugerencias, sin las cuales este libro no sería el que es.

No nos conocemos, pero me han ayudado muchísimo en mi analfabetismo religioso Pablo d'Ors y sus Amigos del Desierto, el podcast *Las hijas de Felipe*, conducido por Ana Garriga y Carmen Urbita, y la cuenta en YouTube de la monja benedictina sor Marta. A todas ellas y a las lecturas que constituyen el andamiaje de esta novela les estoy eternamente agradecida.

Este libro se terminó
de imprimir en
Móstoles, Madrid,
en el mes de
marzo de 2025

«Para viajar lejos no hay mejor nave que un libro».
EMILY DICKINSON

Gracias por tu lectura de este libro.

En **penguinlibros.club** encontrarás las mejores recomendaciones de lectura.

Únete a nuestra comunidad y viaja con nosotros.

penguinlibros.club

 penguinlibros